KB087898

우주전함 강감찬

우주전함 강감찬

박지선
정명섭
조동신
천지윤

MONGSIL
BOOKS

깃발이 북쪽을 가리킬 때

조동신

1019년, 고려 현종 10년 1월 3일 어두운 밤, 금교역 일대에서는 고요함 속에 평소와 다른 공기가 흐르고 있었다.

사람들은 소리를 내지 않기 위해 입에 무는 나뭇가지인 하무를 물고, 역시 재갈을 물린 말을 탄 채 움직이고 있었다. 그들은 모두 갑옷을 입고, 말에 창과 활 등을 실은 채로 가고 있었다.

뜻밖에도 이들이 가는 길은 기병이 움직이기 좋은, 탁 트인 벌판이 아니라 소나무가 빽빽하게 서 있는 숲이었다. 그만큼 은밀히 가야만 할 이유가 있었다.

"적이 안심한 것 같습니다!"

이들이 숲에서 거의 나올 때쯤, 맨 앞에서 살펴보던 군사 한 명이 돌아와서 말했다.

"경계하는 병력은 전보다 훨씬 줄었고, 성안에 들어갔던 백성들도 나오고 있습니다!"

"그래? 다행이구나. 이제 가서 제대로 한 방 먹여 줘야겠다!"

그때였다. 갑자기 맨 앞에 있던 말이 멈칫했다. 그것도 한두 마리가 아니었다. 말 한 마리가 놀라 확 넘어지자, 타고 있던 사람도 떨어지고 말았다. 그의 눈에 들어온 것은, 팽팽하게 당겨진 밧줄이었다.

"이런, 매복이다! 고려군이다!"

그는 일어나려 했으나 어딘가에서 날아온 화살이 그의 가슴에 박히고 말았다.

"쏴라!"

곧 사방에서 화살이 바람을 가르는 소리가 들렸고, 동시에 꽹과리, 징 등이 조용하던 숲을 요란하게 울리기 시작했다.

기병 부대는 서둘러 움직이려 했는데, 숨어 있던 누군가가 칼로 어느 밧줄을 자름과 동시에 소나무들 위에서 큰 돌이나 통나무 등이 우수수 떨어지기 시작했다.

"돌격하라!"

"침략자 거란을 무찔러라!"

거란의 말들이 놀라 날뛰는 가운데, 뒤에서 100여 명의 고려 기병이 혼란에 빠진 거란군을 향해 돌격해 들어갔다. 작전 2단계의 시작이었다.

거란 기병은 300여 명이었으니 수적으로는 우위였지만, 이들이 한참 혼란에 빠졌을 때 공격해 들어온 고려군을 이길 수는 없었다. 조용하던 숲은 말의 울음소리와 거란군의 비명으로 가득 찼다.

며칠 전, 궁궐 내전에 모인 대신들의 얼굴에는 긴장이 가득했다. 겨울이 되면 압록강이 얼어붙어 거란의 기병이 그 위를 건널 수 있으니, 그 당시 사람들은 추위보다도 거란을 더 걱정해야 했다. 그 해, 걱정했던 일이 실제로 일어나고 말았다.

10만의 거란 정예 군대가 강동 6주(압록강 하구에 있는 여섯 성)의 반환과 친조(다른 나라를 상전으로 모심)를 요구하며 쳐들어왔고, 그들이 도성의 코앞에 다다랐다. 그 날 황제인 현종이 무슨 결정을 내리느냐에 따라 고려의 운명이 결정될 판이었다.

"항복을 결정하셨을까요?"

"아니면, 전처럼 몽진하실 수도 있소."

몇몇 눈치 없는 대신들이 속삭였다.

"황제 폐하 납시오!"

황제가 들어오자, 모든 대신의 눈이 휘둥그레졌다.

"이 차림새만 봐도, 짐이 무슨 결정을 내렸는지 아실 것으로 생각하오."

황제가 입고 있는 노란색 갑옷이 빛났다. 그의 손에는 지휘봉이 들려 있었다.

"항복하여 사직을 지킬 수도 있고, 몽진한다면 그것도 방법이 될 수 있소. 허나 짐은, 두 번이나 황도를 버리지는 않기로 했소. 그 이유는, 전에는 적들에게 짐이 피한 곳을 속여서 적들을 물러가게 할 수 있었지만, 두 번 속지는 않을 것이기 때문이오. 더 큰 이유는 8년 전, 짐이 피한 동안 거란군이 도성을 완전히 초토화했던 것을 경들도 잊지는 않았을 것이오. 백성에게 그런 일을 또 당하게 할 수는 없소."

그 일이 있고 나서, 황제는 선정을 베풀기 위해 노력했다. 민심을 얻어야 했기 때문이다. 그는 대신들을 한 번 더 둘러본 뒤 말을 이었다.

"항복은 더더욱 할 수 없소. 그때와는 달리, 견고한 성벽이 개경을 둘러싸고 있소이다. 그리고 우리가 싸울 군대가 없는 것도 아니잖소? 거란군은 우리 군대를 격파하고 온 게 아니라 피해서 왔고, 북방에서 우리가 이겼다는 소식은 들었어도 졌다는 말은 듣지 못했소. 거기다 남부에도 군대가 있으니 거란군이 도성을 포위하고 공격한다고 해도 여기서 버티기만 하면 지방에서 원군이 올라와 적의 뒤를 칠 것이오! 이대로 싸워 보지도 않고 항복하면 북방에서 목숨 걸고 싸우고 있는 우리 군대에도, 선왕들께도, 무엇보다도 백성들에게도 부끄러운 일이오!"

"폐하!"

몇몇 대신들이 반대의 뜻을 올리려 했다.

"이번에 상원수에게 병력을 모두 줬기 때문에, 도성의 병력은 얼마 되지 않사옵니다. 지금이라도 몽진을 하시는 게 옳사옵니다!"

"아니오, 저들은 하루 정도 거리에 와 있소! 지금 몽진한들 금방 따라잡힐 것이오. 싸우는 것만이 살길이오!"

현종의 의지는 확고했다.

"다시 말하지만, 항복은 없소. 몽진도 없소. 청야 작전을 펼 것이오! 도성의 백성들에게 일러 식량, 의복, 가축 등 이로운 물건은 모두 성안으로 들이고 들판을 아주 텅 비우라 하시오! 당장! 거란군에게 새해 선물로 우리의 항전을 줍시다!"

거란이 쳐들어온 상태에서 새해를 맞게 되었다. 하지만 현종의 말대로 9년 전과는 달리, 이번에는 전보다 더 강화된 수비 군대와 높은 성벽이 도성을 둘러싸고 있었으며 들판은 텅 비어 거란군은 식량을 얻을 수도 없었다.

거란의 지휘관 소배압(蕭排押)은 별수 없이 철군하겠다고 통보하고 군사를 돌릴 수밖에 없었다. 그들이 물러갈 때, 뒤에서 들리는 개경 사람들의 함성은 그의 속을 뒤집어 놓지는 않았다. 오히려 그는 새로운 기회를 노렸기 때문이다.

소배압은 돌아가는 척하면서 정예 기병 300명을 뽑아 탐색전으로 개경을 기습해 성문을 열게 하고 순간적으로 몰아쳐 들어가기로 했다. 거란 사람들은 모두 걸음마와 말타기를 같이 배운다는 말이 있을 정도로 말 다루는 데에는 익숙했다. 그러니 말을 타고 적진을 기습해 혼란에 빠뜨리는 일은 이들에게는 주된 전술 중 하나였다.

그 작전은 실패하고 말았다. 고려군 역시 이를 예상하고 대책을 세워 놓았기 때문이다. 이들은 거란군이 은밀히 침투할 만한 장소로 금교역 부근 소나무 숲이 적격이라 여겼다. 소나무는 겨울에도 잎이 떨어지지 않아서 쉽게 눈에 띄지 않기 때문이다.

오늘날 함경도인 고려 동북면의 병력이 개경을 지원하기 위해 갔는데, 현종은 그들 중에 사냥에 능한 사람들을 시켜 숲 곳곳에 덫을 설치하도록 했다. 거기다 최정예라 할 수 있는 친위대까지 이곳에 보냈으니, 그 300명의 기병은 몰살당하고 말았다.

곧, 개경에 있던 고려 현종에게 승전보가 전해졌다. 황제는 그 소식을 듣고 우선 안도의 한숨을 쉴 수 있었다.

"다행이다. 다들 수고 정말 많았네. 일부러 빈틈을 보이는 척했던 작전이 먹혀들어 갔네."

"황공하옵니다. 폐하."

대신들도 모두 한시름 놓은 얼굴이었다. 현종은 친위 대장에게 물었다.

"거란군은 지금 어디에 있나?"

"지금은 정말로 전면 퇴각 중이라 하옵니다. 오던 길로 돌아가는 것 같사옵니다."

"그래? 다행이지만 혹시 모르니 경계를 늦추지 말고, 백성들에게도 아직은 귀가하지 말라고 하게. 상원수에게도 소식을 전했나?"

"전령을 보냈사옵니다."

"상원수는 지금 어디 있나?"

"귀주(龜州, 오늘날 평안북도 구성시)성을 향하고 있을 것이옵니다. 거란군이 퇴각하려면 그곳을 지나야 하옵니다."

"그래도 이번에는 개경이 점령당하지 않았으니 다행이네. 그러면 이젠 상원수만 믿는 수밖에 없는 건가."

현종의 얼굴이 심각해졌다. 적이 도성 공략을 포기했다고 해도 전쟁이 끝난 것은 아니었다.

"반드시 이겨야 할 텐데…."

같은 해 2월 1일 저녁이었다. 날이 벌써 어두워졌지만, 고려군의 상원수인 강감찬(姜邯贊)은 동쪽을 보았다.

"어느새 여기까지 온 건가."

"이제 적들이 내일이면 올 것이옵니다."

부원수 강민첨(姜民瞻)이 왔다. 두 사람의 눈은 귀주성 앞 벌판을 향하고 있었다. 이곳 귀주는 강동 6주 중 가장 동북쪽에 있었으며, 거란군의 퇴각로 중 마지막 관문이었다.

"뭐, 올 게 온 거지."

음력 2월 1일이니 슬슬 봄이 올 때다. 이번에야말로 이겨야 고려에 정말 봄이 올 것 같다는 생각이 들었다. 강감찬은 다시 강민첨 쪽으로 고개를 돌렸다.

"자네, 양규(楊規) 장군 기억하나?"

"어찌 고려의 장수로서 그 이름을 잊을 수 있겠사옵니까?"

9년 전(1010), 거란 성종이 고려에 침입했다. 고려 현종은 당시 나이도 18세였고 왕위에 오른 지도 1년밖에 되지 않았다. 그것도 서북면 도순검사였던 강조(康兆)가 목종을 몰아내고 그를 옹립하는 바람에 즉위했는데, 강조가 거란군을 막으러 갔다가 전사하기까지 했으니 대책이 없었다.

조정에서는 항복하여 사직을 보존하자는 주장이 대세가 되었으나, 당시 예부시랑이었던 강감찬은 조정 회의에 뛰어들다시피 하며 반대했다.

현종은 그 말을 따랐다. 그는 거란군을 피해 나주까지 몽진했는데 거란군은 개경을 점령하고 무자비한 약탈을 했다. 그때 서북면 도순검사로서 흥화진을 지키고 있던 양규는 강조의 패배 후 패잔병들을 수습해 거란에 빼앗긴 성을 탈환하면서 보급로를 막았다. 이에 곤란해진 거란 성종은 퇴각할 수밖에 없었다.

양규는 돌아가는 거란군을 몇 번이나 공격하여, 끌려가던 고려 백성을 3만 명 가까이 구출하는 데 성공했지만 결국 거란 성종이 이끄는 주력군과 만나는 바람에 전사하고 말았다.

"양규 장군과는 자주 만났나?"

"그 사람이야 거의 북쪽에서만 있었으니 자주 만난 적은 없고, 서로 얼굴만 아는 정도였사옵니다."

"그가 살아 있었으면 틀림없이, 지금 내 자리에 있었을 걸세. 참 아까운 사람이지."

"그럴지도 모르겠사옵니다."

자주 보지는 않았지만, 양규의 충성심과 애민 정신은 익히 알고 있었다. 그가 전사한 이유는 백성들이 피할 시간을 주기 위해 1,700여 명의 적은 병력으로 거란의 40만 대군과 끝까지 맞섰기 때문이었다.

양규가 그 당시 천여 명 정도의 병력만을 수습할 수 있었던 이유는 강조가 전사한 후 강동 6주의 성들이 연락이 제대로 되지 않았기 때문이기도 했다. 강감찬은 그 때문에 각 부대의 연락 체계를 더 효율적으로 하는 데 가장 많이 신경을 써야 했다. 군대에서 명령이 얼마나 제대로 전달되느냐에 따라 싸움의 승패가 결정될 때가 많기 때문이다.

"그 사람이 거란군 본대와 싸우다가 전사한 장소 역시, 여기서 멀리 떨어지지 않은 곳 아닌가. 그래서 소배압이 이 근방 지리를 아니까 퇴각할 때 이리로 온 것이고 말일세."

"물론이옵니다."

"그러니, 우리가 여기서 양규 장군과 그 1,700명 군사의 한을 풀어줘야 하지 않겠나?"

"그야 당연한 말씀이옵니다."

"반드시 그렇게 해야 하네. 야습이 이루어질지도 모르니 경계를 철저히 세우고, 군사들은 편히 쉬게 하게."

"저들도 잠은 자야 할 테니, 야습하지는 않을 것이옵니다. 오히려 우리가 한다면 모를까."

"어떤 방식으로 전투를 하는 게 가장 좋겠나?"

강감찬이 강민첨에게 물었다.

"가장 좋은 건 적군이 귀주성을 공격하고 우리가 성안에서 싸우는 것이지만, 그건 가능성이 없사옵니다."

"자네가 농담하는 줄 알았네."

강감찬은 짧게 말했다. 거란군의 목적은 점령이 아니라 퇴각이다. 고려군이 성안으로 들어간다면 그들은 보란 듯이 성을 지나 압록강 쪽으로 갈 것이다. 그렇다면 고려군으로서는 저들의 뒤통수만 쳐다봐야 한다. 그 때문에 강감찬은 적의 움직임에 따라 자신들도 빨리 행동할 수 있도록, 일부러 성안이 아니라 밖에 진을 치고 있었다.

"세 가지 가능성이 있사옵니다."

"뭔가?"

"거란군이 오늘 잠을 어디서 잘지는 모르지만, 잔다면 저 산 아니면 저 두 개 하천의 사이 지점에 진을 칠 것 같사옵니다. 하지만 전자 쪽이 가능성이 높사옵니다."

귀주성 동쪽에는 동문천과 백석천이라는 두 개의 하천이 흐르고 있었으며 성에서 그리 멀지 않은 곳에서 둘이 합류하여 남쪽으로 흘렀다. 백석천의 동쪽에는 꽤 높은 산이 하나 있었다. 강민첨이 가리킨 곳은 바로 그 산이었다.

"적군이 저 산에 진을 친다고 예상한다면, 첫 번째는 그들이 두 개의 개천을 건너서 여기로 돌격해 오는 건데, 그것은 별로 가능성이 크지 않습니다."

"나도 그리 생각하네."

거란군은 개경 점령에 실패하고 퇴각하는 중이었다. 거기다 귀주까지 오느라 꽤 지친 상태일 것이다. 그러니 굳이 무리해서 직접 공격해 올 확률은 낮았다.

"두 번째 가능성은 뭔가?"

"우리가 동문천과 백석천을 건너서 적의 주둔지를 치는 겁니다. 허나 그랬다가는 우리는 좁은 길을 통해 산에 올라가야 하고 거란군은 위에서 내려치듯 칠 수 있으니 우리가 훨씬 불리하옵니다. 굳이 한다면 화공을 써서 저 산에 불을 지르는 법이 있사옵니다."

"그건 좋지 않을 걸세. 바람이 북쪽에서 불고 있고 저산은 여기보다 북쪽에 있으니까 여기서 불을 지른들 별 효과가 없을 걸세. 그렇다고 우리가 그 산의 북쪽으로 빙 돌아서 가면 그동안 적이 산에서 내려와 우리 측면이나 뒤를 공격할 수도 있으니까. 그러면 세 번째 가능성은 뭔가?"

"적군과 아군이 모두 개천을 하나씩 건너, 그 사이 공간인 평지에서 싸우는 것이옵니다. 하지만 이 또한 우리에게 불리하옵니다."

강감찬도 무슨 뜻인지 알고 있었다. 비록 지쳤다고는 하지만 저들은 말타기하면 둘째가라면 서러워할 거란인들이고, 그중에서도 최정예다. 기병으로 평지에서 전투를 벌이면 고려군이 불리함은 당연했다.

강민첨은 잠시 생각한 뒤 말했다.

"지금이라도 병력을 나눠 상원수께서 본진을 거느리고 여기 계시고, 소장이 별동대를 끌고 저 산에 진을 친 뒤 저들이 백석천을 건널 때쯤 양쪽에서 동시에 치고 들어가는 방법은 어떻사옵니까?"

"그랬다가는 저들이 그 산을 보고 동문천과 백석천 사이의 평야 지대로 가지 않을 수도 있다네. 오히려 성 남쪽으로 돌아 해안 길로 갈 걸세. 그러면 우리가 그들 뒤를 쫓아야 하니 불리하지."

강감찬의 예상대로 거란군 사령관 소배압은 귀주성 동쪽 개천 두 개를 건넌 거리에 있는 산에 진을 치고 하룻밤을 쉬었다.

"이번 싸움도 패배다."

소배압의 심정은 처참했다. 너무 서두른 게 잘못이었을까.

지난해 말, 소배압은 10만의 정예 기병을 몰고 고려를 공격해 들어와서 국경의 성인 강동 6주를 지나며 몇 차례의 전투를 벌여 큰 피해를 입었지만, 이를 무릅쓰고 개경까지 갔다. 그곳의 고려군을 모두 물리치는 데에는 시간이 오래 걸리기 때문에 적을 피해 도성을 직접 공격하는 방법을 쓴 것이다.

이는 나쁜 방법이 아니었다. 거란 태조인 야율아보기(耶律阿保機)가 926년에 발해를 멸했을 때, 그는 국경 방어선을 피해 단숨에 도성으로 진격해 점령했고 이번에 자신도 그 방법을 썼다. 그 때문에 기동력을 최대한 낼 수 있도록 10만의 기병만을 끌고 왔다.

문제는 지금의 고려군은 9년 전 자신이 거란 성종을 모시고 왔을 때와는 달랐다는 점이다. 앞서 언급했듯 그는 은밀히 300여 명의 정예 기병을 보내 성문을 열려고 했지만, 그 작전마저도 실패하고 말았다.

별수 없이, 소배압은 정말로 철군해야만 했다. 성을 포위하고 공격할 수도 있었지만, 시간이 지나면 식량 부족으로 자신들이 굶주릴 것이고, 그러는 동안 지방에서 올라온 고려군이 뒤를 칠 수도 있었다.

"장군, 고려군이 저기서 대기하고 있사옵니다."

야율팔가(耶律八哥)가 말했다. 그는 어려서부터 신동으로 유명했고, 소배압의 참모로서 와 있었다.

"그렇구먼."

그로서도 예상하지 못한 바는 아니었다. 아니, 오히려 다행이었다. 행군하는 동안 고려군이 곳곳에서 요격해 왔는데, 여기서 그 주력과 만나게 되다니. 여기서 결판을 낼 수 있게 되었다.

"하루에서 이틀 정도 거리면 강을 건널 수 있는데, 군량은 얼마나 남았나?"

"그 정도는 있사옵니다."

"낙타를 잡고 아껴서 먹도록 하라."

소배압은 별수 없다는 듯 말했다.

"일단은 산에서 버티되 고려군이 화공을 쓰지 못하도록 나무를 전부 베어라. 그리고 원군을 요청하고 버틴다."

"알겠습니다."

방어하기에는 산이 유리하니까, 고려군이 하천 둘을 건너서 여기까지 쉽게 공격하지는 못할 것이다. 여기까지 오느라 지친 군사들을 쉬게 해 줄 필요도 있었다.

"그래도 다행이다. 저기 있는 고려군 병력은 얼마나 되나?"

"저 정도면 최소한으로 잡아도 20만 명쯤 될 겁니다!"

야율팔가가 말했다.

"고려 주력군이 다 몰려온 거나 마찬가지구먼."

"너무 염려하지 마십시오. 우리 군대의 사기는 오히려 높은 편이옵니다. 저들만 물리치면 고향으로 돌아갈 수 있기 때문이옵니다."

"그래. 야습할지 모르니 경계를 철저히 세우고 다들 쉬라고 하게!"

야율팔가가 물러가자, 소배압은 천막에 혼자 앉았다. 다시 비참한 생각이 들었다.

"퇴각이라니…."

그는 거란 경종의 사위이자 유능한 장수였고 거란 서부의 몽골, 남부 송나라 등과의 전투에서 몇 번이나 큰 공을 세웠다. 9년 전인 1010년, 거란 성종이 40만 대군을 이끌고 친정했을 때도 황제를 모시고 군을 이끌었다. 하지만 이번에 고려에 와서는 강감찬이라는 자 때문에 제대로 된 싸움 한번 없이 무수한 병력을 잃기만 했으니, 돌아가도 체면이 서지 않을 것이 분명했다.

다음 날 아침이었다. 소배압은 자리에서 일어났다. 분함에 잠도 제대로 자지 못했다.

"장군, 지금 적군이 옵니다!"

"벌써?"

"아닙니다. 적장이 직접 여기까지 왔사옵니다!"

"뭐라고?"

소배압은 놀라며 일어났다.

"장군을 만나고 싶어서 왔다고 합니다! 돌려보낼까요?"

"아니다. 모셔라!"

소배압은 놀랐다. 이럴 때 적장이 찾아오다니 무슨 일인지 몰랐다. 잠시 후, 강감찬을 본 소배압은 약간 황당하다는 생각이 들었다.

'아니, 이 사람이 고려군 총사령관이라고?'

강감찬의 나이는 적게 잡아도 칠순은 되어 보였고, 키가 매우 작아서 갑옷이 걸어오는 것 같았다. 거기다 한때 천연두라도 앓았는지 얼굴에는 부스럼 자국투성이였다. 고려에 얼마나 인재가 없으면 이런 사람이 상원수를 하고 있나 하는 생각이 들 정도였다.

"만나서 반갑소이다. 고려군의 상원수, 강감찬이라 하오. 여기까지 오시느라 고생 많으셨소이다."

옆에 있던 통역관이 말했다. 소배압은 씩 웃었다.

"고려에는 인재가 없나 보군요. 당신처럼 늙다리에 꼬맹이를 데려다 장군이랍시고 하고 있으니. 칼을 들 힘이나 있소?"

자신을 떠보려는 속셈이 분명했다. 강감찬 역시 웃었다.

"우리나라는 강한 나라를 상대할 때는 최강의 용장이 가고, 약한 나라를 대할 때는 허약한 늙은이를 보냅니다."

"뭣이라?"

소배압의 얼굴이 약간 경직되었으나, 그는 곧 웃어 버렸다.

"농담도 잘하시는구려. 여긴 무슨 일로 오셨소?"

"내가 잠깐 계산해 봤는데, 귀국과 우리나라 사이에 싸움이 일어난 지 벌써 26년입니다."

강감찬의 말 그대로였다. 그동안 얼마나 많은 사람이 죽고 고통을 당했는지 헤아릴 수 없을 정도였다.

거란은 중원 남쪽의 송나라를 치기 위해 동부에 있는 고려와 친하거나 아니면 모두 멸해서 배후의 위험을 없애야 했다.

거란은 처음에는 고려와 화친을 맺고자 태조 25년에 낙타 50마리를 선물로 보냈지만, 태조는 그것들을 모두 만부교 아래 매어 두고 굶어 죽게 했다. 그 이유는 거란이 우리 민족이 세운 나라인 발해를 멸한 데 대한 원한과 고려로 망명한 수많은 발해 유민들의 지지를 얻기 위해서였다.

이 때문에 거란과 고려는 적대 관계가 되었고, 태조는 유언으로 남긴 '훈요 10조'에 거란과는 절대 화친하지 말라는 말까지 남겼으며 거란의 적국인, 송나라와 친교를 맺었다. 그로 인하여 고려 성종 12년(993)부터 시작해 세 번이나 전면 침공이 이루어졌다. 거기다 국지전, 즉 때때로 소규모 병력이 와서 싸운 일까지 합하면 그보다도 더 많았다.

"9년 전에 당신들 왕이 여기 왔을 때, 당신도 오지 않았소?"

"당신들 왕이 꽁지 빠지게 도망갔을 때 말이오? 물론이오! 그때 당신은 뭘 하고 있었소?"

"이 몸이야 뭐, 문관이라서 우리 폐하를 모시고 있었소."

소배압은 더욱 기가 막혔다. 고려군이 자신들을 얕본다는 생각이 들 정도였다. 국가의 주력 군대를 무관이 아니라 문관에게 맡기다니.

"4년…, 아니, 3년 전엔가 당신들 왕은 장군 19명을 사형에 처하지 않았소? 그래서 문관에게 상원수 직을 맡긴 겁니까?"

소배압은 그 일을 잘 알고 있었다. 전투 경험이 풍부한 장군들을 사형에 처하면 나라로서는 큰 손해가 오겠지만, 현종은 과감히 명령을 내렸다.

현종은 재정 확보를 위해 대신들의 밭을 국가로 귀속시켰는데 이에 반발한 무신들이 반란을 일으키려 했다. 현종은 그들의 요구를 들어주는 척하면서 지금의 평양인 서경에 모은 뒤 모두 죽였다. 이번에 거란군이 침입한 이유 중

하나가, 그 사건 때문에 고려의 전투력이 약화하였다고 여기는 데 있기도 했다.

"폐하를 능멸한 자들을 가만히 두면 아니 되지 않습니까? 사실 역사적으로 보았을 때 무관 중 전군 지휘권을 줬는데 돌아서서 군주에게 오히려 칼을 겨눈 자들이 한두 명이오?"

"아, 듣고 보니 그렇군요. 그런데 여긴 그런 잡담이나 하러 오신 건 아닐 것인데, 하시고 싶은 말씀이 뭡니까?"

"간단합니다. 일종의 결투 신청이오."

"무엇이오?"

소배압은 약간 놀란 듯 물었다.

"저기, 두 개의 하천 사이에 평야가 있는데 거기서 제대로 승부하고 싶소."

"굳이 우리가 그래야 하는 이유가 뭡니까?"

"간단합니다. 당신들, 여기서 주둔하면서 원군을 기다리고 있지요? 여긴 당신네 나라와 하루 정도 거리니까 얼마든지 올 수 있을 테니까."

"그렇소. 오히려 평야에서 전투를 벌이면 당신들이 불리하지 않소?"

소배압이 말했다.

"그게 문제가 아닙니다. 이제 슬슬 강물이 녹을 때라는 거 모르십니까? 원군이 온다 한들 강도 건너지 못할 겁니다."

"지금 적군을 걱정하시는 겁니까?"

소배압은 잠시 웃고는 말했다.

"뭣하면 가장 안전하게 후퇴하기 위해, 당신을 볼모로 끌고 갈 수도 있습니다."

"전란 중에 사신에게 그런 짓을 하는 건 국가적 망신 아닙니까?"

"우리 군대를 안전하게 지키려면 그게 최선이 아니겠소? 체면이 좀 깎이더라도 군사들을 살리는 게 낫지."

"뭐, 마음대로 하시오."

강감찬은 전혀 두려운 기색이 없었다.

"어차피 나도 오늘 안으로 돌아가지 못한다면 당장 고려군에게 이 산을 포위하고 불을 지르라고 명하고 왔으니까. 나도 살 만큼 살았고 상원수 직까지 올랐는데 오늘 죽거나 잡힌들 아쉬울 건 없소. 대신 우리 군대가 그만큼 더 결사적으로 싸우는 결과만 줄 것이오. 그런데 그 전에 좀 물어보고 싶은 게 있소."

"무엇이오?"

"여러분은 양과 낙타를 전장에 끌고 다니다가 도살하여 드시지 않소?"

강감찬은 빙긋 웃었다. 유목민들이 육식을 주로 한다는 사실은 그도 잘 알고 있었다. 소배압은 약간 어리둥절했다.

"그렇소이다. 송나라나 당신네 나라 사람들은 전장에 곡식을 싣고 다니느라 그만큼의 가축을 사용해서 전투에 쓸 말이 부족하니까, 그 덕에 우리가 당신들보다 빨리 움직일 수 있소이다."

"하지만 여기서는 그 방법으로 버틸 수 없을 겁니다. 전장에서 가장 중요한 게 뭡니까, 물 아닙니까?"

"사람 살아가는 데 가장 중요한 게 물이오. 그게 할 말이오?"

"여기 계셔 봤자 시간을 끌면 불리해지는 건 당신들이라는 것입니다."

"뭐요?"

소배압은 불쾌감을 감추지 못하고 물었다.

"당신들은 여기서 버티면서, 원군을 기다리려고 그러는 것 같은데 우리가 한 번 당하지 두 번 당하지는 않을 것입니다. 당신네 원군이 흥화진(興化鎭, 오늘날 평안북도

의주, 당시 고려 최전방)을 우회해서 여기까지 온다고 해도, 그쪽에도 이미 적지 않은 병력이 가 있소."

소배압은 비웃음을 날렸다.

"고려군 주력이 여기에 다 모였다는 거 내가 모를 줄 아십니까? 흥화진에 있다면 당장 뚫을 것입니다."

"참, 흥화진은 둘째치고라도 아까 말했듯 압록강이 더 문제일 것이옵니다. 슬슬 날이 풀려 얼어붙은 강이 녹을 것이고, 강이 녹으면 집채만 한 얼음덩어리들이 강 위를 떠다녀서 배도 다니기 어려워집니다. 거기다 시간을 끌면, 아까도 말했지만, 우리 고려군이 이 산에 불을 지를 겁니다."

"고려군이 화공을 써서 이 산에 불을 지르면 우리는 불리할 것이오. 허나 지금 북풍이 불고 있으니 산 남쪽에서 불을 지르지는 못할 것이고, 따라서 화공을 쓰려면 당신들은 산 북쪽으로 돌아서 가야 하는데, 그러려면 이 산 바로 앞의 개천을 건너야만 하고, 그러는 순간 우리가 먼저 공격에 들어갈 것이오."

"팔우노를 쓰면 됩니다. 그러면 개천 건너편에서도 공격할 수 있습니다."

강감찬은 웃었다. 팔우노는 말 그대로 소 여덟 마리가

당겨야 한다는 별명이 붙은 대형 쇠뇌로서, 거의 창만큼 큰 화살 두세 개를 한꺼번에 날리곤 했다. 그 사정거리와 위력이 보통 활과는 비교할 수도 없었다.

"그리고 내가 무슨 말씀을 드리려는 건지도 아실 것 같습니다."

강감찬은 웃었다.

"응?"

소배압은 순간, 여기서 버틸 때 한 가지 문제점이 있음을 깨달았다. 거기다 강감찬이 한 가지 덧붙이기까지 했다.

"하나 더 있는데, 장군은 그동안 송나라와 서역 등의 전장에서 몇 번이나 큰 공을 세우셨다고 들었습니다. 저는 송나라에는 가본 적도 없는데 부럽군요. 그런 장군이 고려처럼 작은 나라를 정복하기는커녕 물러가면서 전투 한 번 제대로 치르지 않고 원군을 요청한다면, 거란 황제께서 뭐라고 하실지 궁금합니다."

강감찬의 말에, 소배압의 얼굴빛은 달라졌다.

"자네가 말한 것 중에서 세 번째가 제일 낫구먼."

강감찬이 말했다. 그는 거란 기병을 상대할 방책을 세우느라 그동안 고생깨나 했다.

"기병으로 회전(會戰, Pitched Battle, 특정 부대들끼리 전투 대형을 짜고 한곳에서 모여 싸우는 전투)을 하자는 말씀이옵니까?"

강민첨이 뜻밖이라는 듯 물었다.

"그게 최선일세."

"위험하옵니다. 우리가 불리하옵니다!"

"저들이 산에 숨어 있는 상태라면 오히려 더 힘들어진다네."

"시간을 끌면 적이 불리하지 않겠사옵니까? 저들도 군량이 떨어질 텐데. 백석천을 경계로 산을 포위하는 편이 낫지 않겠습니까?"

"아닐세, 오히려 우리가 불리하다네. 또 포위한다고 해도 어렵다네."

"네? 그게 무슨 말씀이옵니까?"

강민첨이 눈을 크게 뜨며 물었다.

"말을 타고 기습했다가 빠지는 건 거란군의 특기인데, 포위한다고 해도 어느 틈으로 내려와서 우리를 공격하면 이를 막는 데 들어가는 병력 손실이 적지 않을 걸세. 그보다 더 큰 문제는 저들이 본국에 원군을 청하기라도 하면 어떨 것 같은가? 잘못하면 우리 병력이 앞뒤에서 공격받을 수도 있다네. 거란 조정에서 중앙군까지는 오지 않더라도 지방 태수 정도 되는 이가 군대를 1, 2만 정도라도 보낸다면 문제가 될 걸세."

"물론이옵니다."

강민첨의 얼굴도 심각해졌다.

이쪽은 20만 8천, 거란은 8만 정도다. 거기다 고려군은 미리 귀주에 도착하여 대기하고 있었지만, 저들은 개경까지 갔다가 오느라 이제 막 도착하여 지쳐 있었다.

물론 그렇다고 해서 고려군이 유리하다는 말은 아니었다. 앞서 언급했듯 거란군은 대부분이 기병으로 이루어져 있으며 그들의 기마술은 천하제일이라고 알려져 있었다. 소배압이 데려온 기병은 그중에서도 최정예, 황제 직속 우피실군(右皮室軍)이라 불리는 이들이었다. 기병 하나가 보병 15명까지도 상대할 수 있었다. 반면 고려군은 20만이 넘었지만, 기병 수는 오히려 거란군보다도 적었다.

"거란군이 저 두 하천을 건너서 이리로 온다면 차라리 나을 것이옵니다."

강민첨이 말했다.

"자네도 말하지 않았나? 저들이 그렇게 하려고는 하지

않을 거라고. 자신들이 체력적으로 불리하다는 걸 알고 있을 테니 말일세."

거란군도 싸움을 피하려고 하지는 않을 것 같았다. 하지만 어떻게 하면 이길 수 있을지가 가장 문제였다.

"저들이 휴식을 취하고 싸울 준비를 하기 전에, 아니 오늘이 가기 전에 싸워야 하네. 저들은 낙타의 젖과 피를 먹어 가면서 버틸 수도 있다네. 거기다 바로 밑이 하천인데 저 녀석들이 물을 긷는 걸 다 막을 수도 없을 걸세."

강감찬이 말했다.

"그렇다면, 역시 속전속결이옵니까?"

"그렇다네."

강감찬은 고민이 많았다. 거란이 북부 방어선을 우회해서 개경까지 갔으니 거기서 적과의 대치가 길어진다면 별수 없이 자신이 직접 도성을 지원하기 위해 돌아가야 했고 그러면 서북방의 수비에 큰 구멍이 뚫리게 될 것이다. 그 틈에 거란이 지원 병력이라도 보낸다면 낭패였다. 소배압이 퇴각을 택했으니 다행이었다.

강감찬은 거란군이 혹시 돌아가는 척하면서 안심시킨 뒤 확 돌아서서 기습할지도 모른다고 하며 더 많은 정예병을 도성 부근에 주둔시키려고 했으나, 현종은 북쪽 방어에 집중하라며 오히려 도성의 병력까지 그에게 주었다. 이는 자신에 대한 전적인 신뢰가 없이는 불가능한 일이었다.

거란군이 혹시 무슨 수를 쓸지 몰라 금교역에 군사를 매복시키기로 한 사람 역시 강감찬이었다. 하지만 이는 매우 위험했다. 만약에 그때 고려군이 졌다면 개경이 함락당했을 수도 있었다.

"흥화진 측에서는 연락 없나?"

"적의 동향을 계속 살피라고 하긴 했는데, 아직 원군이 왔단 말은 없사옵니다."

"그렇다면 다행이고, 그런데 병마판관은 어디 있나?"

"아직 소식이 없사옵니다. 무슨 일이 있으면 그쪽에서 전령을 보내겠지요."

소배압이 이끄는 거란군이 강동 6주 방어선을 우회하여 개경으로 곧장 가자, 강감찬은 병마판관 김종현(金宗鉉)에게 1만의 기병을 주고 그 뒤를 쫓으라고 했다. 그 뒤 자세한 소식은 아직 몰랐다.

강감찬은 거란군이 퇴각하면 귀주에서 만나자고 미리 김종현에게 일러두기는 했다. 하지만 과연 제시간에 만날 수 있을지는 몰랐다.

"자네, 작년 겨울에 거란군이 왔을 때, 우리가 썼던 작전 기억하나?"

"물론이옵니다."

거란군이 흥화진에 왔을 때, 강감찬은 고구려의 을지문덕 장군이 살수대첩(612) 당시 썼던 작전을 그대로 썼다. 강 상류에 둑을 쌓아서 막았다가 적이 강을 건널 때 터뜨려 적군을 당황하게 하고, 그 틈에 공격해 전멸시키는 작전이다. 그 때문에 국경을 넘자마자 일격을 당한 거란군은 그 뒤로도 많은 어려움을 겪고 있었다.

"사실 장군도, 저도 고구려의 대장군 강이식(姜以式) 장군의 후손 아니옵니까. 우리가 따라 한 전술이야 을지문덕 장군의 것이긴 하지만 말이옵니다."

강민첨은 웃으며 말했다.

"을지문덕 장군을 한 번 더 본받아야 할 것 같네."

"예?"

"내가 직접, 저들에게 찾아가 봐야겠단 말일세."

강감찬은 과감한 작전을 써 보기로 했다. 을지문덕 역시 직접 수나라 군대에 찾아가서 협상 겸 정탐을 한 적이 있다.

"다른 사람을 보내는 게 좋지 않겠사옵니까? 직접 가시다니, 아니, 소장이 가겠사옵니다!"

38

"아닐세. 소배압이 사신을 죽이거나 볼모로 삼을 자는 아닐 걸세. 가서 평지에서 붙자고 결투 신청할 걸세."

"말을 듣겠습니까?"

"소배압이 여기에서 우리를 물리친다면 세 가지 이점이 있다네. 첫 번째, 우리가 저들이 돌아가는 길에서 끊임없이 공격해 왔으니, 이번에 우리 주력을 물리친다면 안전하게 돌아갈 수 있을 것이야. 두 번째로는 고려를 멸하는 데는 실패했어도 주력 군대를 물리쳐서 우리 군사력을 약화시켰으니 돌아가도 할 말이 있고 마지막으로 세 번째는 우리 힘이 약해지면 저들은 내년, 아니 올해 말이라도 다시 쳐들어올 때 부담이 적어진다는 점이지."

"그야 물론이옵니다."

"하지만 반대로, 우리가 이번에 저들의 장기인 평야 전투에서 저들을 물리치고, 소배압의 목까지 벤다면 저들은 다시 우리나라에 쳐들어올 생각도 하지 못하게 되지! 그러니 저들도 부담이 클 걸세. 하지만 자기 힘만으로 어떻게 해야지 본국에 원군을 요청해서 우리를 이긴다면 소배압은 그만큼 체면이 깎이게 될 걸세."

"허나, 중요한 건 따로 있지 않사옵니까?"

강민첨이 물었다.

"뭔가?"

"북풍이 부는 계절이라 저들은 바람을 등지고, 우리는 안고 싸워야 한다는 점이옵니다! 우리에게 불리하옵니다."

강감찬은 그 점은 각오할 수밖에 없다고 했다.

"바로 그 점일세. 자네 덕진포 해전 알지?"

"알고 있사옵니다. 태조 폐하께서 후백제의 견훤 왕과 나주에서 전투를 벌일 때, 겨울이라 북풍이 부는데 그날 남풍이 불어서 백제 수군이 화공에 당한 일이잖사옵니까. 설마, 지금 남풍을 기대하시는 겁니까?"

"그렇다네."

"허나, 그게 그리 쉽게 불겠사옵니까?"

"자네가 무슨 말을 하는지는 알겠지만, 지금은 거기에 거는 수밖에 없네. 그러니 저들에게 싸움을 걸어야 하고 내가 소배압에게 가서 전투를 신청하겠네. 물론 저들이 응하지 않는다면 하책을 써야겠지만, 저들이 나오길 바라야지."

강감찬은 과감하게 말하더니, 성벽에 꽂힌 깃발을 가리켰다.

"저 깃발이 북쪽을 가리킬 날은 오늘뿐일세."

"장군, 조심하십시오."

강감찬은 곧 자기 군영으로 돌아갔다. 소배압은 관례를 지켜 그를 붙잡거나 죽이지 않기로 했다.

"강감찬 그자, 그대들이 보기엔 어땠나?"

"키도 조그맣고, 그런 노인네가 지휘를 맡고 있다니 그동안 괜히 적을 과대평가한 것 같습니다."

장수 한 명이 말했다.

"고려의 왕은 5년 전 무신들이 폭동을 일으키고 문신들을 폭행했을 때, 그들을 모두 처형했습니다. 그 때문에 문관들을 군 지휘관으로 삼아야 할 지경이 되지 않았습니까? 전면전을 치러도 될 것이옵니다!"

"아닙니다. 버티는 게 나을 겁니다. 물이 없으면 낙타젖을 먹으면서 버텨도 될 것이옵니다. 적장이 오히려 우리를 걱정해 주듯 말했으니, 이건 뭔가 꿍꿍이가 있다는 말이옵니다."

다른 장수가 말했다. 하지만 야율팔가의 말은 달랐다.

"저들이 개천 둘을 건너서 공격한다면 저들도 그만큼 결사적으로 싸울 것이옵니다."

"아니, 배수진이야 유명한 전술이긴 하지만 뒤에 강이 있다고 없던 힘이 솟아나지는 않을 것 아니오?"

"그게 다가 아니라, 저들이 수적으로 우리보다 위인데

하천을 따라 진을 치면 우리가 그걸 건너서 퇴각하기도 어려워지옵니다. 물 긷기도 어려워질 것입니다."

야율팔가는 자신의 걱정을 말했다. 이는 소배압도 아까 깨달은 점이었다.

"지금 원군을 요청한다고 해도 조정에서 군대를 모집하고, 보내는 데만도 며칠이나 걸릴지 모르고 오다가 고려군에게 막힐 수도 있소. 거기다 저들은 개천을 건너지 않고 길을 멀리 돌아서라도 여기에 올 수 있습니다. 무엇보다도, 그가 말한 대로 얼어붙은 강이 녹으면 우리가 건너가기도, 원군이 오기도 어렵습니다. 그러니 적국 한가운데 고립된 군사들도 불안해하고 있으니까, 차라리 여기서 제대로 대결하는 편이 나을 겁니다."

야율팔가가 말했다. 잠시 후 소배압은 일어났다. 장수들의 눈은 모두, 그를 향했다.

잠시 뜸을 들인 후, 그가 입을 열었다.

"야율팔가 공의 제안을 따르겠소."

"장군!"

다른 장수 한 명이 이의를 제기했다.

"적장의 제안대로 하는 거나 마찬가지지만, 안타깝게도 시간은 우리 편이 아니니 우리로서도 서둘러야 하오. 다행히 바람은 우리에게 유리하오."

소배압은 거란군 깃발을 가리키며 말했다. 귀주성 성벽에서 휘날리는 고려군 깃발 역시, 남쪽을 향하고 있었다.

"우리는 평지 회전에서는 진 적이 없소. 여기서 고려군을 해치우면 안전한 퇴각로를 확보할 수 있소. 거기다 고려군은 이미 하천을 건넜으니 우리도 지금 건너야 하오."

거란군은 고려군보다 북쪽에 있었으니, 북풍을 등에 업고 싸워야 했다. 바람의 도움으로 승리를 거둔 예는 얼마든지 있다.

"남은 군량을 모두 풀어서 군사들을 잘 먹이고, 갑시다!"

소배압은 천막 밖으로 나와 고려군을 보았다. 역시 예상대로 그들도 동문천을 건너 진을 치고 있었다.

"오늘 저들을 반드시 물리쳐야 고향으로 갈 수 있다! 적이 우리보다 많은 듯 보이나 우리 실력으로 저런 것들쯤은 열 배가 되어도 이길 수 있다!"

"와! 와!"

거란군의 함성이 천지를 뒤흔들었다.

"장군!"

"보고 있네."

강감찬이 말했다. 그가 보는 것은 역시, 산에서 내려와 하천을 건너는 거란군이었다.

앞서 언급했듯 고려에 와 있는 거란군은 대부분이 기병, 그것도 최정예 부대다. 반면, 고려군 기병은 4만 정도였으며 그 중 1만은 이미 빠진 상태였다.

"병마판관은 언제 오나?"

"아직 소식이 없사옵니다. 지금쯤 와야 할 텐데 말이옵니다."

"아닐세. 오히려 적당한 때 와서 거란군의 뒤를 쳐준다면 좋겠네."

"예?"

"거란군이 우리 본진을 돌파하려고 돌격해 올 테고, 그렇게 되면 어떻게 하나?"

"그야, 창병과 검차를 이용해 적의 돌격을 막고 우리 기병이 출동하여 적의 측면을 치지 않사옵니까?"

"그렇다네. 하지만 자네도 알다시피 기병 돌격전으로 하면 우리가 불리하다네. 거란군의 기병이 우리 측면을 공격하는 것을 막는 걸 우선으로 하고, 적당한 때 병마판관이 와서 적의 뒤를 쳐주면 좋을 걸세."

이른바 서양에서는 '망치와 모루' 전술이라 불리는 방법이었다. 워낙 오래되었고 누가 만들었는지도 모르지만, 포위섬멸전의 기본 중 하나였다. 쇠를 모루 위에 올려놓고 망치로 때리듯, 강감찬의 본진이 모루 역할이고 병마 판관 김종현이 이끄는 기병대가 망치처럼 거란군의 뒤를 공격하는 작전이다. 물론 망치와 모루 중 한쪽만 실패해도 패배하게 된다.

"햇볕이 도움이 될 것 같았는데…."

햇볕이 밝았다면 해를 등지고 진을 친 아군이 유리할 수도 있었겠지만, 안타깝게도 곧 비가 올 것처럼 흐렸다. 시야 확보라는 점에서는 양군 모두 동등한 셈이었다.

무엇보다도 큰 어려움은, 앞서 언급했듯 계절이 계절인 만큼 북에서 남으로, 즉 적군 측에서 이쪽으로 불어오는 바람이었다.

"장군, 괜찮겠사옵니까?"

"예상 못한 바는 아니었다네. 훈련한 대로 하라고 하게!"

강감찬은 부관에게 한마디 한 뒤, 말을 타고 앞으로 나갔다.

전술한 대로 벌써 26년이나 계속된 전쟁이었다. 대규모 병력이 고려 땅에 들어온 건 이번에 세 번째였지만, 그 중간에도 몇 번이나 전투가 벌어져 이 강동 6주 땅은 피로 물들었다.

강감찬은 이번에야말로 더 이상의 침략을 막아야 한다는 생각이 들었다. 목숨이 아깝지는 않았다. 하지만, 무슨 일이 있어도 거란의 침략을 이번에 끝낼 정도의 승리를 거둬야만 편안하게 눈을 감을 것 같았다.

강감찬은 문득, 고개를 들어 하늘을 보았다. 낮이고 흐린 하늘이었지만, 별이 보인다는 느낌이 들었다. 깃발을 보았지만, 여전히 남쪽을 향해 휘날리고 있었다.

'그러고 보니, 내가 태어나던 날 그 자리에 별이 떨어졌다지?'

강감찬은 그동안 꽤 평탄하다고는 할 수 없는 삶을 살았다. 그의 아버지인 강궁진(姜弓珍)은 원래 신라 도성인 경주 출신이며 고려 개국공신이고, 금천으로 이사한 뒤 그를 낳았다.

그의 탄생 때 문곡성, 즉 북두칠성(혹은 음양가에서 길흉을 점칠 때 쓰는 9성) 중에서 문(文)과 재물을 관장하는 별이 떨어졌다고 하나, 그는 그리 출세 운도 없었다.

강감찬은 36세, 당시에는 늦은 나이에 과거에 급제했고 그 뒤 계속 한직만을 떠돌다시피 했다. 지방을 돌면서 여러 가지 치적을 남기기도 했지만, 출세와는 거리가 멀었다. 환갑이 넘어서야 당상관, 즉 어전 회의에 참석할 수 있는 자리에 올랐고 그 뒤 왕의 눈에 들어서 상원수 자리에까지 올랐다.

"인생이란 건 언제 어떻게 될지 모른다네. 어쩌면 단 한 순간을 위해 내가 지금까지 살아왔구나 하는 생각이 들 때도 있다네. 나는 그게 오늘이 될지도 모른다, 그리 생각하네."

"소장도 그리 생각하옵니다."

강감찬은 다시 깃발을 보았다. 깃발은 마치 화살표처럼 남쪽을 가리키고 있었다.

"남풍이 불기만 한다면…."

강감찬이 깃발을 보며 말했다. 강민첨은 불안한 듯 다시 물었다.

"남풍이 과연, 불겠사옵니까? 이 계절에?"

"이 계절이니까 가능한 걸세. 자네 삼한사온(三寒四溫)이라고 알고 있나?"

"그야, 알고 있사옵니다만."

"그래, 아무리 추운 계절이라 해도 따뜻한 바람과 차가운 바람이 부딪히면 순간적으로 방향이 바뀔 수 있다네. 이 근방에서 오래 살아온 사람들에게 물어봤다네."

삼한사온은 겨울철 시베리아 기단의 주기적인 강약으로 비교적 추운 날이 3일, 따뜻한 날이 4일 나타나는 현상이다. 강감찬이 노린 것은 바로 그 점이었다. 어떻게 보면 요행이라 할 수 있었지만, 이길 수 있는 방법을 몇 번이나 고민한 끝에 선택한 것이었다.

"오늘이 삼한사온의 사온 중 마지막 날일세. 따라서 내일부터 사흘은 계속 추울 걸세. 그 사흘 동안 우리는 불리한 상황에서 싸워야 하고, 그 시간 안에 적들의 원군이 여기까지 올 수도 있다네. 내가 오늘 안으로 끝내자고 한 이유가 그 걸세!"

"바다에서의 밀물 썰물은 늘 정확한 시각에 일어나기라도 하지만, 바람은 그렇지 아니하옵니다! 언제 남풍이 불지 모르옵니다!"

강민첨은 그 점을 무엇보다 염려했다.

"설령 그렇지 않다고 해도, 적이 쉴 시간을 조금이라도 줄이는 게 좋지 않겠나. 그래서 빨리 싸워야 한다네."

이제는 더 피할 수도 없었다. 잠시 후, 귀주성 앞 두 하천 사이의 평야에서 양군이 마주 섰다.

"긴장하지들 말고, 훈련한 대로 하면 된다!"

강감찬은 고려군 앞에 섰다. 그의 눈은 휘날리는 고려군 깃발을 향하고 있었다.

"거란은, 발해를 멸했으며 그것도 모자라 우리 고려까지 멸하려고 한다. 벌써 26년이다. 그동안 그들로 인하여 우리가 잃은 사람이 몇이고, 재산이 얼마나 되나? 제군들 중에도 거란 때문에 가족을 잃은 사람이 한두 명이 아닐 것이다! 아니, 잃지 않은 사람이 더 적을 것이다! 아니 그런가?"

"그렇습니다!"

군사들이 크게 소리쳤다.

"거란군은 지금 퇴각하는 중이다. 퇴각하는 군대를 굳이 잡을 필요가 있는가 할 수도 있지만, 저들이 전력을 온전히 보존하여 그냥 돌아간다면, 당장 내년이라도 다시 쳐들어올 수 있다. 하지만 우리가 오늘 싸워서 이긴다면, 적의 정예 기병이 무너져서 다시는 우리나라에 올 수 없게 될 것이다. 그러니 우리는 어떻게 해야겠나?"

"싸워야 합니다!"

"무찔러야 합니다!"

군사들이 호응했다.

"그래, 오늘 우리는 승리할 것이다! 저들은 자신들이 옛 발해 땅에서 일어났으니 자신들이 고구려의 계승자라고 하고 있지만, 절대 그렇지 않다! 고려라는 국호 자체가 옛 고구려의 후예로서 지은 이름 아닌가! 오늘, 고구려 조상님들은 진정한 후손들을 보살펴 주실 것이다! 가자! 저 잔악한 자들이 우리 강토에 다시는 오지 못하게 하자!"

"와!"

고려군의 함성과 함께, 거란군 측에서 공격 나팔 소리가 울렸고 그 기병이 앞으로 나오기 시작했다. 단번에 고려군 본진을 돌파할 생각인 모양이었다.

강감찬은 다시 성벽 위의 깃발을 보았다. 바람이 얼굴을 스치며 강감찬의 수염까지 휘날렸다. 북풍은 생각보다 셌다. 여기서 최대한 버티는 동안 뒤에서 김종현이 나타나 준다면 좋으련만. 그렇게 거란군을 포위한다면 이길 수 있다.

앞으로 나선 거란 기병은 넓게 흩어지더니 활을 들었다. 먼저 경무장 기병들이 빠른 속도로 움직이며 교대로 활을 쏴서 상대를 혼란에 빠뜨린 뒤 중장갑 기병이 돌격하는 전술이다.

"방패를 들어라! 빈틈없이!"

"으윽!"

방패로 가렸지만 몇몇 군사들이 화살에 맞아 쓰러졌다. 북쪽에서 부는 바람은 그쪽에서 쏜 화살에 더 강한 힘을 보탰다. 강감찬은 제발 피해가 적기를 바랐으나 이런 대규모 회전에서 희생이 없기를 바라기란 불가능했다. 거란 기병이 활을 쏘며 치고 빠지는 전술은 상당했다.

"중장갑 기병이 돌격해 옵니다!"

"팔우노와 쇠뇌 부대, 앞으로!"

강감찬이 외치자, 쇠뇌 부대가 먼저 앞으로 나갔다. 바람을 안고 싸우는 만큼, 보통 활보다 사정거리가 길고 위력이 훨씬 강한 쇠뇌가 필요했다. 더욱이 달려오는 자들은 거란에서도 가장 무거운 갑옷을 입고 말에게도 갑옷을 입힌 중장갑 기병이었다.

"쏴라!"

곧 쇠뇌와 팔우노에서 수백 개의 화살이 날아갔다.

"컥!"

거란의 기병 몇 명이 화살에 맞아 말에서 떨어졌지만, 그들의 기세는 조금도 줄어들지 않았다. 화살의 사정 거리상 말이 달려오는 시간 안에 쇠뇌는 한 번, 보통 활은 두 번밖에 쏘지 못하니 이들은 한 번 쏜 다음에는 재빠르게 뒤로 빠져야 했다. 아니, 역풍이 불 때는 일반 활도 한 번밖에는 쏠 수 없었다. 사정거리 밖이라면 아무리 쏜들 화살 낭비일 뿐이다.

"검차 앞으로!"

강감찬이 외쳤다. 곧 쇠뇌 부대가 뒤로 빠짐과 동시에 수레 앞부분에 넓은 방패를 달고 그 앞에 창을 7개나 단, 검차가 앞으로 달려갔다. 가장 긴 가운데 창을 중심으로 양 끝으로 갈수록 점점 짧은 창을 달아 위에서 보면 거대한 검처럼 보이는 이 검차는 적의 기병을 막는 데 가장 좋은 무기 중 하나였다.

"버텨라! 뚫리면 안 된다!"

검차의 틈으로 적의 말 한 마리가 뛰어들려는 찰나, 뒤에서 튀어나온 군사 한 명이 장창으로 그 말의 가슴을 찔렀다. 검차 뒤에도 창들이 숲을 이루고 있었다.

"기마대 돌격하라!"

강감찬의 명령과 함께 깃발이 한 번 펄럭이자, 강민첨이 이끄는 기마대가 곧 거란의 측면을 쳤다. 전술한 대로 고려군은 수가 많았지만, 기병은 거란의 그것보다 적었고, 말에 익숙한 거란군을 당해내기란 쉽지 않았다.

정면에서 버티고 있는 검차 부대와 보병들은 무슨 일이

있어도 돌파당할 수 없다는 심정으로 적을 막았다. 그들이 뚫리면 곧 본진이 돌파당하고, 그때는 패배할 수밖에 없다.

귀주성 앞 벌판은 그리 넓지는 않아서 기병대가 측면으로 돌아서 공격하기에는 어려운 점도 있었다. 강감찬은 그 점을 활용하여 강동 6주의 검차를 전부 모아오다시피 하고 그들을 앞세운 채 진을 넓게 폈다. 그 때문에 거란군으로서는 정면 돌파만이 상책이었다. 하지만 본진이 뚫리면 걷잡을 수 없을 만큼 피해가 커진다.

"사정없이 쏴라!"

"버텨라!"

고려군 궁수들은 검차 뒤로 돌아가서 그 너머로 활을 쏘았지만, 거란군은 계속 돌격해 왔다. 잘못하면 뚫릴 것 같았다.

그때, 귀주성 망루에서 신호 깃발이 올라왔다. 그게 무슨 뜻인지는 곧 알 수 있었다.

"장군, 병마판관이 도착했사옵니다!"

아군의 도착 못지않게 반가운 것은, 성 위의 깃발들이 휘날리는 방향이었다. 깃발들은 아까까지만 해도 남쪽으로 날리고 있었는데, 그 반대를 가리키고 있었다.

"남풍이다!"

강감찬이 말했다.

남쪽에서 온 병마판관 김종현의 기병이 일으킨 모래 먼지는 곧바로, 거란군 쪽을 향해 날리기 시작했다. 그 바람도 꽤 강해, 거란군은 순식간에 다들 휘청할 정도였다.

"아니, 이 겨울에 남풍이 불다니!"

"하늘이 우리 거란을 버리신 건가!"

"봐라! 고구려 조상님들이 우리를 도우신다!"

강감찬이 외쳤다. 물론 이는 자연 현상이었지만, 그 말만으로도 고려군의 사기는 크게 올랐다.

"쏴라!"

강감찬은 다시 명령을 내렸다. 곧 고려 궁수들의 활에는 더욱 강한 힘이 실렸다. 이제는 고려군이 바람을 등지고, 거란군은 안고 싸워야 했다.

"다행이다. 늦지 않았구나! 우리는 적의 측면을 칠 것이다! 공격 대형!"

김종현의 명령이 떨어졌고, 곧 그의 휘하에 있던 기병대는 활을 들었다.

"이런, 원군이 왔다!"

김종현의 기병은 거란군이 돌아설 틈도 주지 않고 일제

히 활을 쏘았다. 곧 수많은 거란 기병이 말에서 떨어지고
말았다.

"돌격!"

김종현이 지시하자, 고려 기병은 재빠르게 백석천을 건
너 거란군의 측면으로 쇄도해 들어갔고 그들은 금방 뚫리
고 말았다.

그때까지는 서로 한 치의 양보도 없이 밀고 밀리고 있
었는데, 어느 쪽이든 추가된 1만의 기병은 충분히 저울추
를 기울게 할 수 있었다. 소배압은 시간을 끌며 원군을 불
러 자신들이 고려군을 포위해 잡을 수 있기를 바라고 있
었는데 오히려 그 반대가 되고 말았다.

"고려를 침략한 대가를 톡톡히 치르게 해 주마! 돌격하
라!"

바람의 방향이 바뀐 데다 적의 원군까지 맞이해야 했던
소배압은 도저히 당해낼 수 없었다.

"달아나지 마라! 달아나는 놈은 벨 것이다!"

소배압은 어떻게든 군사들을 수습하려 했으나 놀란 거
란군은 달아나기에 바빠졌고, 김종현의 기병은 이들의 뒤
를 쫓았다. 회전에서 대부분 사망자는 전투 때보다 퇴각
때 더 발생하기 마련이다. 남풍에 실린 고려군의 화살이

달아나는 거란군의 등을 향해 날아갔다.

"쫓아라!"

"소배압의 목을 베어라!"

고려군의 기세가 크게 올랐다.

전투가 끝난 후, 강감찬은 칼을 들고 하늘을 향해 치켜올렸다. 동시에 고려군의 함성이 귀주 벌판을 크게 울렸다.

"만세!"

"고려 만세!"

고려군의 대승이었다. 벌판에 널린 수만 구의 시체는 대부분 거란군의 그것이었고, 그들 중 살아서 돌아간 사람은 수천 명 남짓이었다. 말 위에서 사는 민족인 거란이 평원 회전에서, 아니 모든 전투를 통틀어 이렇게 처참하게 패한 적은 처음이었다. 거란 성종은 간신히 목숨을 건지고 돌아온 소배압을 보고 "네놈의 얼굴 가죽을 벗겨 버리겠다."라고 할 정도로 분노했다.

"다들 정말 고생 많았네!"

앞서 언급했듯 강감찬은 정말로, 자신이 그동안 이날 하루만을 위해 살아 온 것 같다는 생각이 들었다. 늦게 과거에 급제해 60이 넘도록 말직을 전전했던 것도, 문관인 자신이 고려의 상원수가 된 것도, 이날만을 위해서였을지도 모른다.

고려군은 백성의 열렬한 환영을 받으며 개경으로 돌아갔고, 현종은 강감찬에게 금으로 만든 꽃 여덟 송이를 직접 머리에 꽂아 주며 그 공을 치하했다. 강감찬은 그 뒤 오늘날의 총리인 문하시중의 자리에까지 올랐다.

국제 정세도 달라졌다. 거란이 이 전투에서 승리했거나 나중에 고려를 정복했다면 그들은 배후의 위험 없이 송나라를 칠 수 있었겠지만, 그럴 수 없게 되었으니 거란, 몽골, 여진, 서하, 고려 등이 모두 공존하게 되었고 고려는 현종 이후 덕종, 정종, 문종 등의 명군들이 뒤를 이으면서 100년 가까이 평화와 번영을 누렸다.

작가의 말

강감찬 앤솔로지를 쓰게 되어 영광이다.

강감찬 장군은 고려시대뿐 아니라 우리나라를 대표하는
명장이자 구국의 영웅이다. 그런데도 사실 장군에 관해서
는 알려진 바가 그리 많지 않다. 공식 기록에 따르면 그는
36세에 과거에 급제했고 그 뒤 계속 한직을 돌다가 환갑
이 넘어서야 당상관이 되었다.

1010년에 거란 성종이 고려를 침략하였는데, 군대를 이
끌고 간 강조 장군이 대패하는 바람에 고려는 크게 위기
에 빠졌다. 고려 왕 현종은 항복할까 했지만, 강감찬이 반
대했고, 그 뒤 두 사람은 영혼의 파트너가 되었다. 그러니
1018년 겨울 거란군이 다시 공격해 왔을 때, 강감찬이 왕
의 전적인 신뢰를 받고 상원수가 되어 적을 막으러 나간
것은 당연한 일이었다.

필자가 다룬 부분은 강감찬의 가장 큰 업적이라 할 수 있는 귀주대첩(1019)이다. 이 전투는 거란의 침략을 성공적으로 막아냈을 뿐 아니라 과감하게도 적의 주특기인 평야 전투에서 매우 극적으로 승리한 싸움이었다. 물론 강감찬이 적진에 찾아가서 결투를 신청함은 필자의 상상이지만, 고려군으로서는 거란군을 끌어내서 제대로 싸워야 했다.

귀주대첩 이후 거란은 다시 고려를 치지 못했고, 송나라 조정에서조차도 고려를 어려워하게 되었다. 그 뒤 거란, 여진, 송나라, 서하, 고려 등의 나라들이 모두 세력 균형을 유지하며 나중에 금나라가 만주를 석권할 때까지 100여 년이나 평화를 유지했고 고려는 전성기를 누리게 되었다.

이 짧은 글이 강감찬 장군의 빛나는 업적을 더욱 빛나게 해 주기에는 부족하겠지만, 독자 여러분이 이를 통하여 즐거움을 얻음과 함께 장군에 관해 좀 더 관심을 가져 준다면 더 바랄 바가 없다.

조동신

설죽화

박 지 선

"제가 나가겠습니다. 장군님. 허락해주십시오."

거란군이 쏘는 화살이 어지럽게 날아드는 와중에 갑옷과 투구를 입은 설죽화가 강감찬 장군 앞에 나타나 한쪽 무릎을 꿇었다.

"네가 말이냐?"

"지금이야말로 제가 나서야 할 때입니다."

그 말을 들은 강감찬 장군은 저도 모르게 한숨을 쉬었다. 귀주의 벌판에 나타난 거란군은 지칠 대로 지친 상태였다. 하지만 그들은 역시 거란군이었다. 스스로 배수진을 치기 위해 강을 건넌 거란군은 고려군의 진영을 맹렬하게 공격했다. 지금까지 잘 막았지만 언제 무너져도 이상하지 않은 상태였다. 이대로 가다가는 패배할 위기에 처했는데 설죽화가 자청해서 나선 것이다.

"목숨을 잃을 수도 있다."

강감찬 장군의 말에 설죽화는 무릎을 펴고 일어났다.

"아버님의 복수를 위해 오늘만을 기다렸습니다. 부디 허락해주십시오."

설죽화의 대답을 들은 강감찬 장군은 고개를 끄덕거렸다.

"허락한다. 내 말을 타고 가라."

"고맙습니다. 장군님."

설죽화는 강감찬 장군의 부하가 끌고 온 백마에 올라탔다. 그리고 한 손에 협도를 든 채 거란군 진영을 향해 달렸다. 앞을 가로막은 거란군 몇 명을 협도로 베어 넘겼다. 그 모습을 본 고려군은 기운을 내서 적을 막았다. 설죽화의 활약을 본 거란군에서도 장창을 쓰는 장수 한 명을 내보냈다. 거란군 장수가 외쳤다.

"나는 발해인들을 이끄는 발해 상온 고청명이다! 적장은 이름을 밝혀라!"

"내 이름은 설죽화다! 발해인이라면 우리 고려와 한 핏줄이거늘, 어찌 거란의 앞잡이가 되어서 이 땅에 쳐들어왔느냐!"

그 말을 들은 고청명은 부끄러웠는지 아무 말도 못 하

고 장창을 겨누고 달려들었다. 설죽화 역시 피 묻은 협도를 휘두르며 마주 달렸다. 그걸 본 강감찬 장군은 저도 모르게 주먹을 꽉 움켜쥐었다.

"조심해라. 적이 만만치 않은 것 같구나."

한참 치열하게 싸우면서 몇 번 위기에 몰리기도 했지만 결국 고청명의 가슴을 베어버리는 데 성공했다. 고청명이 피를 흘리며 쓰러지자, 설죽화는 피 묻은 협도를 높이 치켜들고 거란군을 향해 돌진했다.

"내 아버지 이관의 복수다!"

그 모습을 본 강감찬 장군이 외쳤다.

"장하구나. 정말 장하구나."

그때, 바람의 방향이 바뀌면서 거란군 쪽으로 불었다. 눈을 뜰 수 없을 정도의 강풍이 불자 고려군이 쏜 화살은 바람을 타고 날아갔다. 반면, 거란군은 화살을 쏴도 날아가지를 못했다. 그 와중에 희소식이 하나 더 들렸다.

"김종현 부대가 나타났다!"

적진의 뒤편에서 병마 판관 김종현이 이끄는 1만 명의 기마부대가 나타난 것이다. 그들의 출현을 본 고려군은 방패를 두드리며 기뻐했다. 드디어 기다리던 때가 왔다는 걸 느낀 강감찬 장군이 명령을 내렸다.

"지금이다! 전군 공격하라! 적은 무너지고 있다!"

공격을 재촉하는 북과 나팔이 울리자 방패를 든 고려군이 전진했다. 잔뜩 웅크리고 있던 고려군은 기세등등하게 쳐들어갔다. 방어에만 몰두할 것으로 생각하던 거란군은 허를 찔렸는지 허둥지둥했다. 하지만 뒤쪽은 그들이 건너온 강이 있어서 쉽사리 퇴각하지도 못했다. 거란군의 정예 부대라고 할 수 있는 천우실군과 우피실군이 무너지는 게 보였다. 간신히 강을 건넌 그들은 북쪽으로 도주했다. 그걸 본 강감찬 장군이 전령에게 지시를 내렸다.

"부원수 강민첨 장군에게 적들을 추격하라고 일러라. 반령의 들판은 넓으니 적들이 도망치기 전에 따라잡을 수 있을 것이다."

"알겠습니다."

힘차게 대답한 전령이 말을 타고 달려 나갔다. 귀주의 벌판은 함성과 비명, 그리고 화살이 날아가는 소리로 어지러웠다. 강감찬 장군은 칼을 움켜잡은 채 적이 무너지는 걸 지켜봤다.

"수십 년간 우리를 괴롭힌 적들이 드디어 사라지는구나."

이제 벌판의 적들은 사라졌다. 모두 죽거나 포로로 잡히

거나 간신히 반령으로 도망쳤다. 깃발은 물론 무기마저 버린 채 몸만 빠져나가는 중이었다. 그 모습을 본 고려군들이 외쳤다.

"이겼다!"

한숨을 돌린 강감찬 장군은 바로 지시를 내렸다.

"어서 포로들을 한군데로 모으고, 전사자들의 시신도 수습하라."

그리고 조심스럽게 덧붙였다.

"설죽화도 찾아보아라."

병사들이 거란군 포로들을 끌고 와서 한군데 모았다. 고려군 전사자들의 시신도 수습했다. 그때 누군가 달려와서 보고했다.

"장군님! 설죽화를 찾았습니다."

"그래. 무사한가?"

그의 물음에 병사가 고개를 저었다.

"온몸에 화살을 맞았습니다."

"어디 있느냐? 앞장서거라."

병사가 그를 설죽화의 시신이 있는 곳으로 데리고 갔다. 듣던 대로 온몸에 화살을 맞은 설죽화는 눈을 부릅뜬 채 바닥에 쓰러져 있었다. 주변에는 거란군의 시신이 어지럽게 흩어져 있었다. 그걸 본 강감찬 장군은 굵은 눈물을 흘렸다.

"죽화야. 네가 우리를 살리고 죽었구나. 이 일을 어찌 가족에게 전할꼬."

설죽화는 이번 전쟁이 끝나면 고향으로 돌아가 어머니를 모실 것이라고 말했다. 그걸 기억한 강감찬 장군은 더욱 가슴이 쓰렸다. 부상당한 고려군이 설죽화의 최후를 얘기해줬다.

"타고 있던 말이 적이 쏜 화살에 맞아 쓰러지면서 바닥에 떨어졌습니다. 하지만 곧장 일어나서 거란군 여럿을 베었지요. 그러다가 거란군 한 명을 창으로 찔렀는데, 그 틈에 주변의 거란군들이 화살을 쐈습니다. 피할 틈이 없었습니다."

마지막까지 지쳐가는 동료들을 격려하고, 도망가는 적들을 쫓아가다가 집중 공격을 받은 것 같았다. 설죽화의 시신을 살펴보던 병사가 품속에 있던 피 묻은 서찰을 찾아냈다. 그리고 강감찬에게 바쳤다.

"품속에서 이걸 찾았습니다."

서찰에는 설죽화의 피와 오래전에 묻은 피가 함께 묻어

있었다. 피에 젖은 서찰이 찢어지지 않게 조심스럽게 폈다. 그러자 시 한 수가 보였다. 강감찬은 조용히 시를 읽었다.

이 땅에 침략 무리 천만번 쳐들어와도
고려의 자식들 미동도 하지 않는다네.
후손들도 나같이 죽음을 무릅쓴 채 싸우리라 믿으며
나 긴 칼 치켜세우고 이 한 몸 바쳐 내달릴 뿐이네.

그때, 끌려가던 거란군 포로 한 명이 발걸음을 멈췄다. 그리고 설죽화의 시신을 보고는 외쳤다.

"죽화야!"

거란군이 고려 말을 하자 깜짝 놀란 강감찬 장군이 바라봤다.

"네가 죽화를 아느냐?"

"물론입니다. 잘 알지요."

"거란족이 어찌 안단 말이냐?"

"사연을 말씀드리겠습니다. 대신 죽화를 가까이서 보게 해주십시오."

그를 끌고 가던 고려군은 거짓말이라고 했지만, 강감찬

장군은 조용히 말했다.

"그를 풀어줘라."

결박이 풀린 거란군은 설죽화의 시신 앞에 엎드려서 오열했다. 그러다가 간신히 고개를 들었다.

"흥화진 근처 무골리라는 곳에서 살았습니다. 그곳에 아마 어머니 홍씨 부인이 아직 살고 있을 겁니다. 아버지는 이관이라는 분인데 지난번 전쟁에 참전한 걸로 알고 있습니다."

거란군 포로의 얘기를 들은 강감찬 장군이 부하에게 지시를 내렸다.

"즉시, 설죽화의 고향으로 사람을 보내서 어머니 홍씨 부인을 모셔 오너라. 시신은 내 군막으로 모시고."

부하들이 들것을 가져와서 축 늘어진 설죽화의 시신을 옮겼다. 그걸 본 거란군이 강감찬 장군에게 고개를 숙였다.

"친구를 만날 수 있도록 해주셔서 감사합니다. 헤어질 때 인사를 하지 못해서 늘 마음에 걸렸습니다."

"네가 설죽화의 친구였느냐?"

"한때는 그러했습니다."

"기이하구나. 너의 사연도 궁금하니 시신을 지키고 있도록 해라.”

“아닙니다. 저는 그럴 자격이 없습니다. 친구의 죽음을 봤으니 이제 여한이 없습니다.”

“알겠다. 너의 이름이 무엇이냐?”

끌려 일어난 거란군이 대답했다.

“동배라고 합니다.”

강감찬 장군은 동배라고 자신을 밝힌 포로가 끌려가는 뒷모습을 바라봤다. 거란군이 설죽화를 알아봤다는 것이 더없이 신기했다.

“무슨 사연일까?”

며칠 후, 설죽화의 어머니 홍씨 부인이 귀주에 도착했다. 군막에 들어선 홍씨 부인은 설죽화의 시신을 보고 소리 없이 울었다. 지켜보던 강감찬 장군이 피 묻은 서찰을 보여줬다.

“설죽화의 시신에서 나온 것입니다.”

그걸 본 홍씨 부인이 떨리는 목소리로 말했다.

“그것은 제 남편이 남긴 시입니다.”

홍씨 부인은 흘러내리는 눈물을 닦고 목소리를 다듬었다.

"양규 장군의 휘하에 있던 남편 이관은 거란과의 전쟁에서 사망했습니다. 그가 죽을 때 품 안에 있던 시입니다. 설죽화는 저와 이관의 외동딸인데, 고려를 구하고 아버지의 원수를 갚기 위해 남장하고 강감찬 장군님을 찾은 것입니다."

"외동딸이라니?"

강감찬 장군은 곱상하긴 했지만 거친 전쟁터에 여자가 자기 발로 찾아왔으리라고는 생각지도 못했다. 그러자 옆에 있던 장수가 입을 열었다.

"사실, 몇몇 병사들은 설죽화가 여성이라는 걸 알고 있었습니다. 하지만 누구보다 용감하고 무술 솜씨가 뛰어나서 모른 척하고 있었던 것이죠."

"너도 알고 있었느냐?"

장수가 고개를 끄덕거렸다.

"알고도 입을 다문 죄는 달게 받겠습니다. 하지만 설죽화는 그 어떤 병사보다 용감했습니다."

강감찬은 눈을 감으며 조용히 말했다.

"설죽화는 고려의 군사였다."

그리고 눈을 뜨고 설죽화의 얼굴을 내려다봤다. 어린 소년 같기도 한, 유난히 맑은 피부가 눈에 들어왔다. 어려

보이는 데다 몸도 여려 처음에는 안 될 거로 생각했었다. 하지만 총기 어린 눈동자와 청명한 목소리 때문에 군대에 들어오는 것을 허락했다. 실제로 다른 병사들보다는 작고 가냘픈 몸이지만 무술 실력은 아주 뛰어났다. 용감한 어린 병사라고 생각했었다. 설죽화는 짧은 생을 화려하게 꽃 피우고 장렬하게 전사했다. 강감찬 장군은 탄식하듯 말했다.

"설죽화는 고려의 꽃이었도다."

그러고는 홍씨 부인을 바라봤다.

"설죽화가 어떻게 자랐는지 궁금합니다. 부디 들려주십시오."

눈물을 삼킨 홍씨 부인이 말했다.

"기꺼이 말씀드리겠습니다. 그 아이는 아주 예전에 밖에 나갔다가 누군가를 데리고 왔었지요."

어린 설죽화는 마을 아이들이 낯선 남자아이를 둘러싸고 있는 걸 봤다. 아이들이 차례로 욕을 하고 발길질했다.

"너 거란족이지."

"싸우자. 거란족 놈아."

그 모습을 본 설죽화가 다가갔다. 돌을 던지려는 마을 아이의 앞을 막아섰다.

"무슨 짓들이야."

그러자 돌을 든 마을 아이 한 명이 눈을 부릅떴다.

"저놈 거란의 첩자라고. 첩자가 우리 마을을 염탐하려고 왔어."

"말도 안 되는 소리 하지 마. 나보다 작은 저 아이가 그런 일을 할 수 있을 거 같아?"

설죽화는 마을 아이들을 밀치면서 낯선 남자아이를 데리고 나왔다. 키는 작지만, 꽤 다부진 남자아이는 설죽화의 손을 뿌리쳤다. 하지만 설죽화의 눈빛을 보고 저항하지 못하고 따라나섰다. 앞장서서 걷던 설죽화는 바로 집으로 향했다.

집으로 온 설죽화는 어머니 홍씨 부인에게 심부름이었던 바느질거리를 내밀었다.

"바느질거리를 가지고 오라고 했더니 누구와 같이 온 거니?"

홍씨 부인은 설죽화와 남자아이를 번갈아 보면서 기막혀했다. 설죽화는 남자아이를 가리키며 말했다.

"애 먹을 것 좀 주세요."

설죽화는 평소에도 집보다는 밖으로 돌아다니기 좋아하

고 사내아이 같이 행동했다. 오늘같이 심부름이 아니었다면 바느질거리는 쳐다보지도 않았다. 가끔 산짐승을 잡아오기도 했지만, 사람을 데리고 온건 처음이었다.

"마을 앞에서 만났어요. 지금 무척 배가 고플 거예요. 그치?"

아이는 한눈에 봐도 지치고 배고파 보였다. 설죽화는 집으로 가는 내내 집에 먹을 것이 무엇이 있는지만 생각했다. 홍씨 부인은 우선 남편 이관에게 아이를 맡기고 설죽화와 부엌으로 갔다. 설죽화는 혼이 많이 날 거라고 각오하면서도 어머니가 먹거리들을 꺼내는 것을 보고 마음이 놓였다.

설죽화의 아버지 이관은 아이의 얼굴을 보았다. 그가 알고 있는 거란족의 특징은 아이에게 없는 듯했다.

"이름은 무엇이고, 어디서 왔느냐."

아이는 지쳐 보였지만 제법 힘 있게 대답했다.

"동배라고 합니다. 전쟁 중에 가족들과 도망가다가 모두 죽고 저 혼자 남았습니다. 살던 마을은 없어졌고, 마을 사람들도 어디에 있는지 알 수가 없습니다."

"외지인들이 쉽게 올 수가 없는 곳인데, 이곳까지는 어떻게 왔느냐."

"가는 곳마다 저를 받아 주는 곳이 없었습니다. 이곳저곳을 다니면서 물건을 팔던 아버지에게서 들은 기억을 떠올리면서 떠돌며 다녔었습니다."

이관이 더 물어보려고 했지만, 설죽화가 밥상을 들고 들어와 방 한가운데 놓았다.

"우선 먹고 나서 물어보세요."

설죽화는 집에 있던 약간의 보리쌀로 주먹밥을 만들어서 내놨다. 동배는 이관과 홍씨 부인의 눈치를 보면서도 단숨에 먹을 것을 입으로 넣었다. 설죽화가 보기에 동배의 눈은 맑았고 전혀 위험해 보이지 않았다.

"우선 푹 쉬고 나중에 더 얘기하자."

이관은 동배가 먹는 것을 흐뭇하게 보는 설죽화를 바라보면서 궁금증은 나중에 풀기로 했다.

설죽화는 아침에 일어나자마자 동배를 찾았다. 집안 어디에서도 찾을 수 없었던 동배는 어느새 산에서 나무를 가지고 내려와 정리하고 있었다.

"아침부터 산에서 나무를 해온 거야? 너 참 부지런하구나."

"먹여 주고 재위준 값은 해야 하니까."

설죽화는 동배가 나무를 다 정리할 때까지 기다렸다. 자기보다 키는 작았지만, 생각보다 제법 힘이 있고 단단해 보였다. 동배가 장작 패기를 제법 어른스럽게 해내는 모습을 보니 더 신이 났다. 어젯밤에 고민을 얼마나 했던가. 외모는 작고, 먹지 못해서 비루해 보였지만 그래도 자기보다는 힘이 좀 더 세지 않을까 기대했었다.

"다했니? 이제 나와 같이 좀 가자."

"장작도 패고, 물도 떠 와야 해."

"너한테 장작 패고, 물 떠오라고 한 사람 없잖아. 그냥 혼자 하고 싶어서 한 거니까 나중에 해도 돼. 이 집에 데리고 온 게 나라는 거 잊었니?"

"어디로 가려고?"

"빨리 가자. 이미 늦었어."

설죽화는 동배를 재촉해서 집 밖으로 데리고 나갔다. 설죽화가 동배를 데리고 간 곳은 마을 입구에 있는 공터였다. 그곳에서는 아버지 이관이 어른들과 함께 무기를 들고 훈련을 하는 중이었다. 마을 사람들은 언제 일어날지 모르는 전쟁에 대비해서 모여 훈련하고 있었다. 한쪽 구석에서는 어린아이들도 훈련하고 있었다. 설죽화가 그걸 보면서 동배에게 말했다.

"나는 어려서부터 아버지가 칼을 쓰는 걸 보고 자랐어."

그러면서 저고리의 소매를 걷어서 팔뚝을 동배에게 보여줬다.

"이건 목검으로 훈련하다가 다친 거야."

"아프지 않았어?"

얼굴을 찡그린 동배의 물음에 설죽화가 소매를 내리면서 대답했다.

"훈련하다가 다치는 건 당연하잖아."

그러면서 주변에 있던 나뭇가지를 집어서 먼발치에서 아버지를 흉내 내서 휘둘렀다. 곧잘 따라 해서 동배가 놀랐다.

"굉장히 잘하네."

"고마워. 아버지도 남자로 태어났으면 천하를 호령할 장수가 되었을 거라고 하셨어."

말을 하면서도 설죽화는 아버지의 자세를 따라서 발을 움직이고 자세를 잡았다. 그걸 본 동배가 물었다.

"아버지한테 정식으로 가르쳐 달라고 하지 그랬어?"

"너무 위험해서 안 된다고 하셨어."

"하긴, 칼을 잘못 휘두르면 다칠 수 있지."

동배의 말에 설죽화가 발끈했다.

"뭐가 위험해? 지금 거란족이 쳐들어와서 나라를 쑥대밭으로 만들어놓는데 스스로 지킬 줄은 알아야지."

둘이 얘기하는 걸 본 이관이 잠깐 훈련을 멈추고 다가왔다. 아버지가 다가오자 설죽화가 동배를 바라보며 말했다.

"아버지 저와 같이할 동무를 데리고 왔어요. 이제 저도 훈련에 참여하게 해주세요."

"뭐라고?"

"그동안 아버지와 훈련하고 싶었는데 거절하셨잖아요."

"같이 대련할 동무를 데리고 오면 시켜준다고 했지, 거절한 건 아니란다."

"하지만 마을 아이들은 저랑 훈련하지 않으려고 한다고요. 그래서 얘를 데려왔어요."

"너희 둘이 같이하겠다고?"

이관은 설죽화와 동배를 동시에 바라보았다. 얼결에 따라온 동배는 황당한 표정을 지으며 설죽화에게 물었다.

"이게 무슨 일이야?"

"너 우리 집에서 계속 살고 싶으면 내가 하자는 대로 해야 해."

설죽화는 동배에게 대꾸하고 아버지 이관을 바라보았다.

"동배가 저와 같이 연습할 거예요. 허락하시는 거죠."

"그, 그게 말이다."

"아버님은 항상 입 밖에 꺼낸 말은 반드시 지켜야 한다고 하셨잖아요."

결국 이관이 쓴웃음을 지었다.

"오늘부터 시작하자. 하지만 조건이 있다."

이관은 동배를 바라보았다. 동배는 설죽화보다 키가 작았지만, 몸은 단단해 보였다. 둘이 연습하다가 부딪쳐도 서로에게 큰 상처는 내지 않을 거 같아 보였다.

"우선 일 년 동안만이다. 그 후에도 계속할지 말지 다시 생각해 보겠다. 그리고 무예를 배운다고 글공부를 게을리하면 안 된다. 글공부가 잘 안 되고 있다면 역시 무예 수업도 중단할 거야."

"네! 향 선생에게서 글공부도 열심히 할게요."

"다른 사람들은 오랫동안 손발을 맞춰왔는데 너희들은 이제 시작이니 내가 따로 가르쳐주마."

"진짜요!"

설죽화가 기뻐서 박수를 치는 걸 본 이관이 말했다.

"딸이라고 봐주는 거 없으니까 각오하는 게 좋을 것이

다. 오늘은 일단 저쪽에 가서 훈련하는 걸 따라서 해라."

이관이 공터 옆의 작은 나무를 손가락으로 가리켰다. 그곳에 간 두 아이에게는 목검이 한 자루씩 주어졌다. 신이 난 설죽화가 동배에게 말했다.

"네가 이곳에 와서 다행이야. 우리 마을은 거란족들이 쳐들어와도 문제가 없어. 모두 훈련을 열심히 하고 있잖아."

"도움이 되었다니 좋긴 하지만 걱정이야."

"뭐가?"

"이렇게 해서 거란족들을 막을 수 있을까 해서 말이야."

"왜 못 막는데? 우리 아버지가 얼마나 칼을 잘 쓰는데!"

"무예를 잘한다고 안 죽는 건 아니야."

"무예를 잘하는데 왜 마음대로 할 수 없어?"

"이전에 내가 살던 곳에서 가장 강하던 어른들은 다 죽고 나만 살아남았어. 나는 무서워서 계속 도망쳤거든. 아마 지금처럼 무예를 할 줄 알았다면 싸우다가 죽었을 거야. 전쟁에서 계속 살 방법은 도망치는 거야."

동배는 잠시 쉬었다가 말했다.

"하지만 어느 순간에는 도망칠 곳도 없을 때가 있어."

"너는 지금 살아 있잖아."

동배는 살아있어서 다행이라고 얘기했다. 이관이 다시 시작하자면서 목검을 잡았다. 얘기를 나누던 설죽화와 동배도 나란히 목검을 잡았다. 설죽화가 신이 나서 목검을 휘두르는 걸 본 동배는 쓴웃음을 지었다.

그렇게 몇 달이 지날 무렵, 안 좋은 소식이 들려왔다. 거란의 침공 소식이 전해진 것이다. 아버지 이관이 어머니 홍씨 부인에게 걱정스러운 표정으로 말했다.

"또 거란 놈들이 압록강을 건너왔다는구려."

"이번에는 얼마나요?"

"40만 대군이라고 하는군."

어머니가 한숨을 쉬었다.

"뭐가 아쉽다고 또 쳐들어왔데요?"

"우리 임금에게 항복하라고 했다는군. 거기다 지난번에 차지한 강동 6주를 내놓으라고 했어."

"쉽게 물러나지는 않겠네요."

"마을 장정들과 함께 출정해야 할 거 같소. 상황이 더 나빠지면 당신은 아이들을 데리고 굴암산으로 피신해 있구려."

"걱정이에요."

어머니의 말에 이관이 대답했다.

"그렇다고 모른 척할 수는 없지 않겠소. 이번에도 적을 물리치고 오리다."

"갑옷과 무기를 챙겨드릴게요. 이번에는 어느 장군 밑에서 싸우십니까?"

"도순검사 양규 장군 휘하로 갈 거요. 흥화진 성에 있다고 하였소."

"부디 몸조심하세요."

다음 날, 이관은 갑옷과 무기를 챙겨서 떠날 준비를 했다. 함께 훈련했던 마을 장정들도 따라나설 준비를 했다. 준비를 마친 이관은 어린 딸 설죽화의 손을 잡았다.

"저도 아버지 따라갈래요."

"너는 아직 어리니까 좀 더 배운 다음에도 늦지 않는다. 아직은 때가 아니다."

아버지와 마을 장정들이 전쟁터로 떠나고 남은 마을 사람들은 피난 갈 준비를 했다. 설죽화와 동배는 가지고 갈 수 없는 책과 물건들을 숨기기 위해 땅을 팠다. 그동안에 홍씨 부인은 물건들을 정리했다. 어느 정도 땅을 팠다고 생각되었을 때 설죽화는 홍씨 부인을 불렀다.

"어머니, 이제 물건들을 묻어도 될 거 같아요."

"구덩이로 옮기는 것은 나와 동배가 할 테니, 너는 우선 옷을 갈아입어라."

"쓸 만한 옷은 이미 쌀로 바꿔 먹었을 텐데 갈아입을 옷이 있었어요?"

설죽화는 홍씨 부인이 건네준 옷을 받아들었다. 아버지 이관을 위해 만든 옷이었다.

"이건 아버지 옷이잖아요. 돌아오시면 입을 옷이라고 정성스럽게 준비하시던 건데요."

"피난을 가면 무슨 일이 벌어질지 모르니 남장을 하는 게 좋을 것이다."

"아버지는 어디 계시나요?"

"흥화진으로 간다고 하셨으니 거기에 있겠지."

눈물을 참은 홍씨 부인이 말했다.

"이 옷을 만들면서 가장이 입을 옷이라고 생각하면서 정성을 들였다. 아버지는 꼭 돌아오실 테지만, 그전까지 가장은 너다. 그러니 이 옷을 입어라."

설죽화는 아버지가 입어야 할 옷을 입었다. 옷이 좀 컸지만, 끈으로 묶으니 제법 몸에 맞는 옷이 되었다. 아버지가 전쟁터로 떠날 때부터 자기가 집안을 지켜야 한다고 생각했다. 막상 아버지의 옷을 입고 보니 가장으로서의 책

임감이 더 막중해졌다. 피난길에 가져갈 물건들을 차곡차곡 쌓은 지게는 어느새 설죽화보다 키가 더 커진 동배가 메기로 했다. 처음 보았을 때는 설죽화보다 작았었는데, 지금은 홍씨 부인과 비슷했다. 설죽화도 어디선가 지게를 가지고 와서 나머지 물건들을 쌓았다.

"지게를 메어 본 적 있어?"

동배가 걱정하며 묻자 설죽화가 대답했다.

"이전에 나도 몇 번 해본 적 있어."

설죽화는 동배의 도움을 받아 지게를 들어 올렸다. 살기 위해서는 무엇이든 많이 가져가야만 했다.

굴암산으로 가는 길에 피난 가는 사람을 마주쳤다. 남자 어른들이 전쟁에 나가고 대부분 여자와 아이, 노인들이었다. 그들의 얘기를 들을수록 상황은 좋지 않은 쪽으로 흐르고 있었다. 굴암산에는 이미 많은 사람이 피난하러 와 있다고 했다. 설죽화는 아버지를 따라갔던 적이 있는 곳으로 가족을 이끌었다. 나무로 둘러싸여 있어 어디로 가야 할지 헤매기도 했지만, 산을 잘 아는 동배의 도움을 받으며 아버지가 알고 지내던 사냥꾼의 집에 도착했다. 사냥꾼은 이곳도 안전하지 않을 거라면서 더 먼 곳으로 떠날 준비를 하고 있었다.

"우리와 같이 가자. 그게 더 안전할 거야."

"이곳에 있어야 아버지 소식을 들을 수 있어요."

설죽화가 거절하자 사냥꾼은 자기 집에서 지내라고 했다. 그렇게 설죽화의 가족들은 사냥꾼의 집에서 지낼 수 있어서 그나마 고생을 덜 했다. 하지만 설죽화와 동배는 만약을 대비해 더 깊숙한 곳에 새로운 은신처를 찾아보기로 했다. 동배는 그런 설죽화에게 말했다.

"산에서 만나는 사람을 조심해야 해."

"이곳에 있는 사람 대부분 우리와 같은 처지야. 무서울 게 뭐 있니."

"내가 떠돌아다녔을 때를 생각하면 말이야. 도움을 받기도 했지만 나쁜 사람들도 많았어."

설죽화와 동배는 더 깊은 산 속으로 들어갔다. 중간에 작은 샘터에서 물을 마신 설죽화가 주변을 돌아보며 말했다.

"동배야. 이곳에 물이 있으니 근처에서 은신처를 찾아봐도 될 거 같아."

"알았어. 좀 더 올라가 보자."

설죽화는 동배와 함께 가파른 산에 올라갔다. 빽빽하게

자란 나무를 잡고 올라가자 약간 평평한 곳이 나왔다. 그곳을 돌아본 동배가 말했다.

"이곳에 작은 움막 정도는 지을 수 있을 거 같아."

주위를 살펴보던 설죽화는 막대기를 집어서 나무들을 헤쳤다. 그러자 작은 동굴 같은 게 보였다.

"뭘까?"

"동물이 파놓은 굴일지도 몰라."

동배가 돌멩이를 집어서 안으로 던졌다. 별다른 소리가 없자 둘은 안으로 들어가 보기로 했다.

동굴 입구는 사람 한 명이 허리를 구부리고 들어가야 했지만, 조금만 더 안으로 들어가니 꽤 널찍한 공간이 나왔다. 더 안쪽에서는 물이 흐르는 소리가 들렸다. 가만히 소리를 듣던 설죽화가 말했다.

"전쟁이 끝날 때까지 숨기에 딱 좋은 곳 같아."

"그러게, 평상시에는 밖에 있다가 저녁에 동굴 안에 들어가면 큰 짐승들한테서도 안전할 거 같아."

동배의 말에 설죽화가 활짝 웃었다.

"어머니한테 이곳으로 옮기자고 말씀드려야겠어."

설죽화와 동배는 피난하기에 적당한 곳을 찾아 안심되었다. 동굴을 찾을 때와 마찬가지로 되돌아가는 길도 험난

했다. 나무들로 가득한 곳에서 어디로 가야 할지 헤매기도 했지만, 산에 익숙한 동배가 방향을 찾은 덕분에 해가 떨어지기 전에 어머니가 있는 사냥꾼의 집에 도착할 수 있었다.

전쟁 통이라 불을 피울 수 없어서 산나물로 간단히 저녁을 먹고 짐을 쌌다. 완전히 어두워지자 밖으로 나온 설죽화는 돗자리 위에 누워서 하늘을 바라봤다. 하늘에 떠 있는 별을 바라보며 언제 전쟁이 끝날지 생각하는데 동배가 속삭였다.

"누가 오고 있어."

부스럭거리는 소리와 함께 지게를 짊어진 가장을 선두로 가족으로 보이는 한 무리가 다가오고 있었다.

"어머니에게 알려야겠어."

설죽화는 집으로 들어가고 동배는 계속 다가오고 있는 가족을 지켜보았다. 홍씨 부인이 먼저 나서서 그들을 맞이하고, 동배는 지게 작대기를 들고 뒤에 섰다. 전쟁 중에는 누구나 무엇이든 부족하고 항상 굶주린 상태였다. 피난민들은 위협적으로 보이지는 않았지만, 동배는 경계심을 늦추지 않았다. 지게를 짊어진 남자가 말했다.

"저희는 평양에서 전쟁을 피해서 왔습니다. 날도 어두워지고 어디로 가야 할지 모르는데 오늘 밤만 이곳에서 지내게 해주세요."

홍씨 부인은 피난민들에게 얼마 있지 않은 식량을 나누어 주고 방 하나를 내어주었다. 피난민들과 얘기를 나눈 홍씨 부인은 궁금해하는 설죽화에게 말했다.

"거란의 황제가 직접 대군을 이끌고 쳐들어왔다는구나."

"우리 군대는요?"

"강조 장군이 이끄는 군대가 통주에서 크게 패배했다는구나."

"얼마나요?"

"아주 크게, 죽은 사람만 수만 명이래."

할 말을 잊은 설죽화가 물었다.

"그럼 평양도 위험해졌겠네요."

"실제로 서경유수 원종석이라는 자가 거란군에게 항복하려고 했었단다. 그런 와중에 지채문 장군이 동북면 기병을 이끌고 평양을 지키러 왔었다고 하는구나."

"동북면 기병이면 정예군이잖아요."

"그래. 그런데 안에서 성문을 열어주지 않아서 들어가지도 못했다는구나."

어머니 홍씨 부인의 얘기를 들은 설죽화는 의아해했다.

"같은 편이 도와주러 간 건데 성문을 안 열어주다니요?"

"성안에서는 이미 항복하기로 하고 거란의 사절들과 항복문서를 쓰고 있었던 거지."

"그러면 평양성이 적에게 넘어갔어요?"

"아니, 지채문 장군이 거란의 사절들을 공격하고 항복문서를 불태워 버렸다. 탁사정이라는 장군과 함께 평양성을 점거했다는구나."

"거란 사절을 죽였으니 전쟁을 할 수밖에 없게 되었네요."

"그래. 거란의 수십만 대군이 평양성을 공격했다는구나."

설죽화는 거란의 대군이 평양성을 공격하는 모습을 떠올리며 한숨을 쉬었다.

"바람 앞의 등불이었네요."

"거기다 탁사정이라는 장군이 배신하고 성에서 도망쳐 버렸는데, 강민첨이라는 관리가 백성들과 힘을 합쳐서 평양성을 지켰다는구나."

"정말 다행이네요."

"하지만, 거란 황제가 대군을 이끌고 오고 있어서 저 가족들도 이곳까지 피난을 왔다는구나."

"이제 어떻게 되는 건가요?"

"거란 황제가 이끄는 군대가 개경을 향해 남하한다는 소식이 들렸다는데. 개경의 임금이 어찌하실지 그게 걱정이다."

"설마 항복하지는 않겠죠? 사람들이 이렇게 목숨을 걸고 싸우고 있는데요."

"일단 지켜봐야지. 참, 아버지가 계시는 흥화진은 양규 장군이 굳건히 지키고 있다고 하는구나."

"아버지도 잘 계시겠죠?"

"그럴 거다."

설죽화는 홍씨 부인의 말을 들으며 밤하늘을 바라다보았다. 조금 전 하늘에서 빛나던 별들이 구름에 가려서 잘 보이지 않았다.

홍씨 부인은 새벽이 될 무렵, 설죽화와 동배를 깨워서 사냥꾼의 집을 나왔다. 그때까지 어젯밤에 왔던 가족들은 방에서 계속 자고 있었다. 맨몸으로 가는 것도 쉽지 않았는데 짐을 가지고 가파른 산길을 올라가는 것은 너무나도 힘든 일이었다. 하지만 설죽화는 이를 악물고 움직였다. 동굴 입구에 도착해서야 다들 쉴 수 있었다. 설죽화는 어째서 홍씨 부인이 몰래 도망치듯 나왔는지 궁금했다.

"어머니. 어차피 우리는 그 집을 떠날 계획이었는데, 왜 몰래 나왔나요?"

홍씨 부인은 다리를 주무르며 말했다.

"우리가 몇 명이나 되는지, 어느 쪽으로 가는지 알리지 않기 위해서였다. 이건 동배가 하자고 한 일이었어."

"동배가요?"

설죽화는 동굴 안을 살펴보고 나온 동배에게 물었다.

"어머니께 그 가족들 몰래 새벽에 빠져나오자고 했다면서, 왜 그랬어?"

동배는 잠시 침묵을 한 뒤에 입을 열었다.

"나도 가족들이 살아있었을 때 피난을 간 적이 있어. 그러다 밤중에 기습당했어. 가족들은 모두 죽고 나만 혼자 숨어 있어서 살 수 있었어."

동배는 흐르는 눈물을 닦았다.

"누가 우리 가족들을 죽였는지 봤어. 우리와 같이 피난을 떠나는 사람들이었지. 그들은 가족들을 죽이고 물건을 챙겼는데, 누군가 남자아이가 없다며 나를 찾아다녔지. 지금도 가끔 그들이 생각날 때가 있어."

설죽화는 그동안 동배의 가족 이야기를 자세하게 들은 적이 없었다. 동배가 아픔을 평생 기억하며 살아가야 한다는 생각에 가슴이 아팠다. 그러면서 전쟁 때문에 집을 떠나 산속에 들어와 있긴 하지만 어머니와 함께 있는 자신의 처지에 대해서 생각했다.

설죽화는 오랜만에 편한 마음으로 홍씨 부인의 옆에 누웠다. 동굴 입구를 막아 놓으니 산짐승이 나타날 걱정도 없었다. 나타난다면 바로 잡을 수 있게 무기를 준비해두었다. 그렇게 며칠이 지나자 설죽화는 아버지 생각이 떠올랐다.

"아무래도 집에 가봐야겠어요."

"지금 집에 가보겠다고? 아직 위험하지 않을까?"

"아버지 소식이 왔을 수도 있잖아요. 이 장소는 모르실 테고요."

"아버지는 전쟁이 끝나야 오실 수 있을 거야. 그래도 가봐야겠다면 조심해서 다녀와라."

홍씨 부인이 허락하자 설죽화는 간단한 식량과 무기를 챙겨서 나왔다. 혹시라도 흔적이 남는 것이 걱정되어 일부러 멀고 거친 길을 돌아서 갔지만 사냥꾼의 집은 지나쳐 가야만 했다. 사냥꾼의 집에 도착했을 때는 해가 떨어져서 어둑해 있었다. 어두컴컴했지만 누군가가 있다는 건 알 수 있었다.

설죽화는 긴 막대기를 집어 땅을 짚으며, 일부러 다리가 다친 척하며 다가갔다. 동배가 아픈척하면 상대방이 경계하지 않는다고 알려주었다. 집 근처로 가까이 가자 노인으로 보이는 남자가 곡괭이를 들고 집 안에서 나왔다.

"누구시오?"

노인은 설죽화를 보자 어린 소년이라고 생각했는지 이전보다 경계심을 낮추었다.

"전쟁 중에 가족과 떨어져 여기까지 왔습니다. 가족들을 찾으러 가야 하는데 보다시피 해는 떨어져서 깜깜하고, 다리까지 다쳐서 더는 갈 수 없을 거 같습니다. 오늘 하룻밤만 지내게 해주십시오."

설죽화는 동배를 처음 만났을 때를 생각하면서 가장 적당하다고 생각하는 이유를 말했다. 노인은 설죽화가 어려보여서 위험하지 않다고 생각했는지, 아니면 사정이 딱해 보여서인지는 알 수 없지만, 하룻밤을 자고 가는 것을 허락했다. 노인의 허락이 떨어지자 안에서 설죽화의 어깨보다 작은 여자아이가 할머니와 함께 밖으로 나왔다. 이전에 설죽화가 이곳을 떠날 때 찾아왔던 피난민 가족들은 아니었다. 그들은 언제 떠났을까. 그들도 이곳이 안전하지 않다고 생각해서 떠난 걸까.

설죽화는 바위 위에 걸터앉아 하늘 위의 별을 바라보았다. 다른 날보다 유난히 맑은 밤이었다. 아버지가 전쟁에 참여하기 전에는 밤늦게까지 훈련받고 지쳐서 그대로 누워 밤하늘의 별을 보던 때가 종종 있었다.

"거란은 왜 고려에 쳐들어오나요?"

설죽화는 아버지에게 물었다.

"고려는 고구려를 계승한 나라니까, 그래서 삼한을 통일하고 옛 땅을 되찾으려고 했다."

"잃었던 땅을 되찾는 건가요?"

"그래, 고구려 다음에 세워진 발해를 멸망시킨 거란이 차지한 요동 지역을 다시 찾으려고 한 거지. 거란이 세운 나라가 요나라다."

"그래서 우리와 요나라 사이가 안 좋은 거군요."

"그들은 고려가 송나라와 친선 관계인 것도 불안했을 거다. 두 나라가 같이 공격한다면 불리할 테니까 말이다. 고려를 공격하기로 하고 그들의 장군 소손녕이 원정군을 이끌고 왔다. 압록강이 어디 있는지 알고 있지?"

"네. 알아요."

"그곳을 넘어와서 우리 땅을 침략했단다. 고려군은 열심히 막았지만, 중과부적으로 밀리고 말았다. 다행히 안융진 전투에서 적을 물리칠 수 있었지."

아버지는 오른쪽 팔의 소매를 걷었다. 팔꿈치부터 어깨까지 큰 상처가 난 흔적이 보였다.

"그때 싸우다가 다친 상처란다."

설죽화는 아버지의 상처를 바라보았다. 이관이 훈련하다 생긴 파란 멍을 보여줄 때와는 다른 오싹한 느낌이 드는 상처였다.

"안융진 전투에서 승리하여 서희 장군이 적장 소손녕과의 담판을 성공적으로 이끌 수 있었단다. 화해하기로 하면서 거란군이 물러났지."

"화해했는데 왜 또 쳐들어오려고 하는 거예요?"

"아쉬웠던 거지. 조금만 더 밀어붙였으면 이길 수 있었다고 생각하니까 자꾸 약속을 어기는 거란다."

"약속을 어기는 건 나쁜 거 아닌가요?"

"맞아. 약속을 안 지키는 나쁜 놈들을 물리치려면 힘이 있어야 한다. 그래야 잘못을 뉘우치니까."

설죽화가 아버지와 함께 바라보던 밤하늘과 지금이 다

르게 보이진 않았다.

"첫 번째 전쟁이 끝나고 돌아오셨듯이 이번에도 몸 어딘가에 상처를 새기고 오실 거야."

설죽화는 집에 빨리 가보고 싶었다. 전쟁이 끝나야 아버지가 올 수 있다는 건 알지만 혹시나 소식을 전하러 온 사람이 가족들이 모두 무사하다는 것을 모르고 집에 아무도 없다고 아버지에게 말해버릴 수도 있다는 생각이 들었다.

"아무도 없어도 기다리고 계실 거야."

설죽화는 잠깐 쉬었다가 짙은 어둠이 가시자마자 짐을 챙겨서 나왔다. 완전히 어둠이 사라진 것은 아니어서 하늘에 옅은 별이 보이고 길이 완전하게 보이지는 않았지만 이미 익숙해진 길이라서 주저하는 것 없이 움직일 수 있었다. 산을 완전히 내려오기 전에 마을 전체를 바라볼 수 있는 언덕에 도착했다.

"어떻게 된 일이야."

아직 깜깜했지만, 마을 쪽에서 시뻘건 불과 연기가 보였다. 설죽화의 집이, 그리고 마을의 집들이 모두 불타고 있었다. 예상했던 대로 거란족들이 약탈하러 이곳까지 온 것이다. 설죽화 가족은 피난을 갔지만 아직 절반 정도의 사람들이 마을에 남아있었다. 그런데 비명이 들리지 않았다. 가끔 거란족이 외치는 것 같은 고함만 들렸다. 이미 집들은 모두 불에 타고 있었다. 아마도 남아있던 마을 사람들은 모두 죽었을 것이다. 아버지에게서 들은 적이 있다. 전쟁 중에 식량이 부족할 때 포로를 붙잡지 않는 때도 있다. 병사들이 먹을 식량도 부족한 상황에서 포로까지 나누어 줄 식량은 없는 것이다. 설죽화는 정신을 추스르고 다시 산으로 올라갔다. 마을로 가봤자 남아있는 것은 없을 것이다. 구덩이를 파서 숨겨놓은 물건들이 들키지 않기만을 바랐다.

설죽화는 바로 돌아가지 않고 짐승이라도 잡아서 가려고 사냥하러 깊은 곳으로 갔다. 굴암산 곳곳에 피난민들이 늘어났기 때문에 예전보다 작은 동물 한 마리 잡기도 힘들어졌다. 그래도 설죽화가 사냥에 나가서 실패한 적은 없었는데, 산이 평소와 달랐다. 바람이 불자 탄 냄새가 같이 날아왔다. 하늘을 보자 먹구름이 아닌 검은 것들이 떠다니는 것만 같았다. 혹시 불이 산까지 옮겨 오지 않을까 걱정이 되었다.

해가 완전히 저물지는 않았지만, 동굴까지 가지는 못할

거 같았다. 설죽화는 사냥꾼의 집으로 가기로 했다. 땅속에서 먹을 만한 것을 발견하고 노부부와 여자아이에게 줄 생각으로 챙겼다. 여자아이는 몇 살인지는 물어보지 않았지만, 너무 작았고 잘 먹지 못해서 부서질 것 같아 보였다. 설죽화는 홍씨 부인에게 노부부와 여자아이를 동굴에 데려가도 되는지 허락받아야겠다고 생각하며 머리 근처에 있는 나뭇가지가 이마에 부딪히기 전에 손으로 걷어냈다.

설죽화는 이전과 같이 다리를 다친 척하기 위해 나무 막대기를 짚으며 걸음 소리를 내면서 사냥꾼의 집으로 다가갔다. 가까이 갈수록 집의 모습이 잘 보이기 시작했다. 모든 문들이 열려 있고, 마당에는 부서진 물건들이 흩어져 있었다. 노부부와 어린 여자아이는 피투성이로 쓰러져 있었다. 그걸 본 설죽화가 중얼거렸다.

"거란족들이 여기까지 올 거라고 왜 생각하지 못했을까."

아마도 군대에서 이탈한 몇몇 거란 병사들의 소행인 것 같았다. 설죽화는 어머니의 안전을 위해 그들을 찾아내겠다는 결심을 했다. 그들은 어디로 갔을까. 침입자의 발자국으로 생각되는 것을 발견하고 쫓아갔다. 하지만 얼마가지 못해서 침입자의 흔적은 사라졌다.

"동배가 있었다면 더 수월하게 그들을 쫓아갈 수 있었을 텐데."

어디로 가야 할지 알 수 없어서 갑갑했다. 아마도 그들은 먹을 것을 찾고 있을 것이다. 설죽화는 근처에서 꿩을 잡았던 적이 있는 장소로 움직였다. 산으로 들어오는 피난민들이 많아지면서 점점 먹을 것이 줄어들었다. 거란군들도 아마 굶주림으로 힘든 시간을 보내고 있을 것이다.

한참을 가다 보니 연기가 피어오르는 것이 보였다. 설죽화는 거란족이라는 확신이 들었다. 그들을 놓치면 안 된다는 생각에 무작정 달려가기 시작했다. 그러다 갑자기 무언가가 발목을 낚아챘고, 그대로 허공에 거꾸로 매달리고 말았다.

"이런! 방심했어."

쫓아가는 것만 생각하다가 나무에 연결해 놓은 덫에 걸린 것이다. 설죽화가 몸부림을 칠수록 발목이 점점 조여들었다. 간신히 손을 뻗어서 발목에 감긴 칡넝쿨을 잡고 매듭을 푸는 데 성공했다. 바닥으로 떨어진 설죽화는 큰 충격을 받았다.

"아얏!"

일단 길옆으로 기어가서 몸을 추슬렀다. 그리고 그대로 잠이 들었다. 그리고 꿈속에서 아버지 이관을 다시 만났다.

이관은 별을 보면서 이야기를 들려주었었다.

"아주 예전에 북두칠성의 네 번째 별인 문곡성이 땅으로 떨어진 적이 있었지."

"그 별이 왜 떨어진 거예요?"

"아마 그 기운을 받은 아이가 태어난 모양이다."

"지금쯤 어른이 되었겠네요."

"40여 년 전이니 어른도 한참 어른이 되었겠지."

설죽화는 이미 여러 번 들었던 이야기였다.

"그게 누굴까요?"

"나도 잘 모르겠다. 하지만 고려를 지켜 줄 희망이 되었으면 좋겠구나."

설죽화는 아버지의 다음 말이 잘 들리지 않았다. 자세히 들으려고 노력하는데 몸이 세차게 흔들렸다. 실눈을 뜨고서 주변을 바라보았다. 여러 사람이 내려다보고 있었는데 그중에는 동배도 보였다.

"동배야!"

동배는 주변을 살펴보면서 말했다.

"덫에 걸리다니, 너답지 않아."

"급해서 덫을 확인할 시간도 없었어."

설죽화는 동배에게 마을이 거란족에게 불탄 것과 사냥꾼의 집에서 죽임을 당한 가족들 이야기를 했다.

"아마도 군대에서 탈영한 거란족들의 짓일 거야."

얘기를 들은 동배가 대답했다.

"위험한 놈들이 왔구나. 일단 숨어 있어야겠어."

"그놈들을 잡아야 해."

"어차피 도망친 자들이라면 여기 오래 머물지 않을 거야."

동배의 말에 설죽화가 고개를 저었다.

"그들이 잠깐 지나가는 것이 아니라, 전쟁이 끝날 때까지 이 산에 머무를 작정일지도 몰라. 그러면 사냥하는 것보다는 약탈할 대상을 찾을 거라고."

설죽화의 말에 동배가 불안한 표정으로 말했다.

"그럴 수도 있겠다. 우선 동굴로 돌아가야겠어."

"설마 어렵게 찾은 곳인데 그들이 이렇게 빨리 찾을 수 있을까."

"우리가 찾은 장소라면 그들도 찾을 수 있어."

설죽화와 동배는 동굴로 가는 길에 놈들의 흔적이 있는 지 찾아보기로 했다. 다른 사람들도 각자 흩어져서 피난민들이 많이 숨는 곳에 가서 경고하기로 했다.

"정말 그들이 동굴을 찾아낼 수 있을까."

설죽화는 만약 사냥하지 않고 바로 사냥꾼의 집으로 갔다면 그들이 살 수 있었을 거라는 생각을 거란족들을 쫓아다니면서 계속했었다. 왜 그 가족들이 위험할지도 모른다고 생각하지 못했을까. 앞에서 흙에 박힌 돌을 뛰어넘어가는 동배를 보고서 설죽화도 같이 뛰어넘었다.

설죽화에게도 익숙한 지형과 나무들이 보이자 동배를 앞질러서 갔다. 가족들이 숨어 있던 곳 근처에 도착하자 소란스러운 소리가 들렸다. 동배의 예상대로 어머니가 공격받고 있었다. 설죽화는 급한 마음에 몸만 앞서가다가 미끄러지면서 쓰러졌다. 정강이가 아프고 쓰라렸지만 바로 몸을 일으켜 세우고 내달렸다. 달려가면서 자신이 온 것을 알리기 위해 소리를 질렀다.

"설죽화가 왔어요!"

설죽화가 소리를 지르자 동배도 바로 소리와 고함을 질렀다.

"동배도 갑니다!"

온 산이 두 사람의 소리로 가득했다. 설죽화의 앞에 평평한 공터가 보이기 시작했다. 홍씨 부인이 침략자들을 상대로 싸우고 있었다. 무관의 집에서 태어나 무예를 익힌 홍씨 부인이지만 두 명을 동시에 상대하기에는 힘겨워 보였다. 설죽화가 튀어 나가 홍씨 부인의 등 뒤를 노리던 남자를 공격했다.

동배도 바로 홍씨 부인과 싸우고 있던 남자를 노리고 달려들었다. 홍씨 부인은 물러나서 잠시 숨을 고르고 쉬다가 다시 장검을 꼭 쥐고 싸움에 합류했다. 세 명이 같이 상대하니 우세했다.

하지만 설죽화가 실제로 싸우는 것은 처음이라서 상대방을 제압하는 것이 쉽지 않았다. 동배가 한 남자의 어깨를 베고, 홍씨 부인이 다른 남자의 다리를 베고 나자 침입자들은 항복했다. 침입자들은 무기를 내려놓았다. 그제야 홍씨 부인은 설죽화를 바라보았다.

"피가 나고 있구나."

홍씨 부인은 설죽화를 걱정스럽게 보았다.

"아까 달려오면서 넘어졌는데 어딘가에 긁혔던가 봐요. 싸우느라 피가 나는지도 몰랐어요."

설죽화는 상처를 치료하면서 마을과 죽은 가족의 일을 홍씨 부인에게 말했다. 그동안 동배는 침입자들을 결박했다. 침입자들이 뭐라고 하자 동배가 그들을 치료했다.

"저들이 오두막 가족을 죽인 탈영한 거란족일까요?"

설죽화의 물음에 어머니 홍씨 부인은 고개를 저었다.

"맞는다고 해도 자기들이 했다고 대답할 거 같진 않구나."

치료를 마치고 칡넝쿨로 그들을 결박한 동배가 두 사람에게 돌아왔다.

"저들이 개경이 함락되었다고 합니다."

"북쪽에 있는 성들도 모두 함락을 당한 거야? 흥화진도?"

설죽화의 물음에 동배가 고개를 저었다.

"아니. 거란군은 성들을 그냥 지나쳐서 바로 개경으로 갔대."

흥화진이 무사하다는 소식을 들은 설죽화는 안도의 한숨을 쉬었다. 그걸 본 동배가 말했다.

"거란족들은 내가 감시할 테니까 동굴 안에 들어가서 쉬어."

"그래, 고마워."

설죽화는 어머니 홍씨 부인과 동굴 안으로 들어갔다. 설죽화는 오랜만에 편안한 잠을 잤다. 다음 날, 홍씨 부인이 다급하게 설죽화를 깨웠다. 설죽화는 더 자고 싶었지만 겨우 눈을 뜨고 일어나야만 했다.

"침입자들이 사라졌어. 동배도 같이 보이지 않는구나."

설죽화는 다급히 동굴 밖으로 나갔다. 혹시나 싸운 흔적이 있는지 살펴보았지만 없었다. 동배는 그렇게 침입자들과 사라졌다. 그때야 설죽화는 이상한 점을 깨달았다.

"동배, 거란족과 대화를 했었잖아. 그럼⋯."

동배가 사라진 이후, 여전히 먹을 것을 구하기는 어렵고 날씨마저 추웠다. 동배는 그 이후로 돌아오지 않았다. 설죽화는 산을 돌아다니다가 피난민들을 만나면 소식을 물었다. 개경을 함락시킨 거란군은 퇴각하고 있지만 아직 전쟁은 계속되고 있었고, 아버지 이관은 돌아오지 않고 있었다. 그러다 개경에서 온 피난민에게서 양규 장군의 결사대가 거란 황제의 군대를 공격했다는 소식을 들었다. 설죽화는 그 길로 홍씨 부인에게 소식을 전했다.

"어머니. 양규 장군이 거란군을 공격하고 고려의 포로들도 구출했대요."

설죽화는 가쁜 숨을 몰아쉬다가 홍씨 부인 앞에 있는 낯선 남자를 보았다. 그는 편지를 들고 있었다.

"이분이 아버지 소식을 가지고 오셨다. 전쟁이 끝났다고 하는구나."

홍씨 부인은 오열하며 간신히 말했다. 설죽화가 옆으로 오자 남자가 편지를 내밀었다.

"양규 장군 휘하에서 싸우던 부군께서는 귀성 전투에서 전사하였습니다. 여기 가족들에게 전해달라는 서찰을 가지고 왔습니다."

설죽화는 편지를 받았지만, 믿기지 않는 소식에 정신을 차릴 수가 없었다. 전쟁이 끝났지만, 이관은 가족에게로 돌아오지 못했다. 누구보다 강하다고 믿고 있던 아버지 이관을 다시는 볼 수 없게 되었다.

"거란족이 다시 쳐들어온다면 저도 맞서서 싸울 거예요."

"이미 거란족에게 남편을 잃었어. 너마저 위험한 전쟁에 보내는 것이 무섭구나."

"아버지의 원수를 갚아야 하잖아요. 그 일을 할 사람은 저밖에 없어요."

설죽화는 홍씨 부인을 설득하기 위해서 아버지 이관이

남긴 시를 읽었다.

이 땅에 침략 무리 천만번 쳐들어와도
고려의 자식들 미동도 하지 않는다네.
후손들도 나같이 죽음을 무릅쓴 채 싸우리라 믿으며
나 긴 칼 치켜세우고 이 한 몸 바쳐 내달릴 뿐이네.

어머니가 눈물을 머금은 채 고개를 끄덕거리자 설죽화
는 나무 작대기를 하나 집어서 동굴 밖으로 나갔다. 그리
고 아버지가 가르쳐준 것을 떠올리며 천천히 휘둘렀다.

작가의 말

설죽화가 굴암산에서 이관의 시를 받을 때의 나이는 10살이라고 전해집니다. '10살에 전쟁으로 아버지를 잃고 복수를 다짐하는 마음은 무엇일까'라고 생각할수록 막막함만 느껴졌습니다. 나이를 생각하다 보면 아무것도 할 수 없을 것 같아서 상황에 집중하기로 했습니다. '전쟁의 피해자 그리고, 무술 실력이 뛰어난 용맹한 어린 장수'로 생각하니 설죽화에 대한 어렴풋한 것들이 상상되기 시작했습니다.

설죽화의 아버지 이관은 제2차 고려-거란 전쟁에서 전사했습니다. 무남독녀였던 설죽화는 아버지의 복수를 하기 위해 어머니 홍씨 부인에게 무예를 배우기로 결심합니다. 홍씨 부인은 무관의 집안에서 태어나 뛰어난 무예 실력을 갖추고 있었고, 걱정하는 친정아버지를 설득해서 설죽화가 원하는 무예를 가르쳤습니다. 홍씨 부인은 북두칠성의 마지막 별인 파군성을 치마에 담은 태몽을 꾸고 태아를 대장군이라고 생각했는데, 설죽화가 태어났습니다.

여자아이였지만 설죽화는 아버지의 뜻에 따르고 복수도 하기 위해 제3차 고려─거란 전쟁에 참여했습니다. 실제로 설죽화의 무예는 뛰어났다고 합니다.

설죽화가 처음에 고려군을 찾아갔을 때, 어리고 허약해 보이는 모습 때문에 받아 주려 하지 않았습니다. 하지만 그녀는 강감찬의 친척이라고 속이고 강감찬을 직접 만나서 뛰어난 무예를 선보여 부대에 합류하게 되었습니다. 설죽화는 귀주대첩 때 고려군의 선봉장으로 싸웠다고 합니다. 안타깝게도 설죽화는 뛰어난 실력 때문에 집중 공격받게 되었고, 퇴각하는 거란군을 막다가 전사했습니다.

처음 설죽화 설화를 들었을 때, 뮬란과 잔 다르크가 떠올랐습니다. 나라가 어려울 때 특별한 능력을 갖춘 여성들이 영웅으로서 나라를 구한 것이죠. 그리고 무엇이 그들을 용맹한 전사로 만들었는지도 궁금했습니다.

설죽화는 북한 평안북도 일대의 설화로 유명하지는 않지만, 앞으로 널리 알려질 이름이 되기를 바라는 마음입니다.

박지선

낙성

천지윤

1.

"가상현실 서바이벌게임 낙성을 소개합니다. 고려시대 강감찬 장군이 태어난 장소를 별이 떨어진 곳이라 하여 낙성대라고 했죠. 이제 여러분 차례입니다. 가장 빠르게 떨어지는 단 하나의 별이 되십시오. 낙성에서 승리한다면 인생 역전이 가능합니다. 2055년 11월 11일 우승자는 상금 1,000억을 거머쥐게 됩니다. 행운의 주인공이 되고 싶다면 서버 20551111로 들어와 지원서를 제출해주세요."

가온이 하늘에 홀로그램을 띄운 후 가상현실 서바이벌게임 낙성을 소개하는 영상을 틀었다. 1,000억을 거머쥐는 주인공은 누구일까, 낙성은 무슨 게임일까, 가상현실 서바이벌게임 낙성이 소개되자 그 관심은 폭발적이었다. 리아는 어깨까지 오는 머리를 하나로 묶으며 하늘을 바라봤다. 두 눈이 블락고글 속에서 빛났다. 누구나 1,000억이 필요한 사연이 있겠지만 리아도 누구 못지않게 간절히 그 돈이 필요했다.

"찾았다, 희망!"

아버지를 괴롭히는 바이러스의 백신을 개발해야 했다. 바이러스를 이겨내고 감정을 잃지 않을 수 있는 백신을 말이다. 지금 있는 자금으로는 얼마 버틸 수 없었다. 더 이상 백신을 만들 수 없을 지경에 이를 것이다. 리아는 가상현실 서바이벌게임을 소개하는 영상을 눈에 담아 저장하고 집으로 향했다. 서재의 책장 3번째 칸에 있는 책인 '귀주대첩 강감찬'을 뽑자 서재가 열리고 계단이 펼쳐졌다. 리아는 계단을 내려가 실험실로 들어갔다.

"아빠, 희망을 찾았어요."

"희망?"

"이것 좀 보세요!"

리아는 저장해 온 가상현실 서바이벌게임을 소개하는 영상을 홀로그램으로 띄우고는 침을 튀기며 흥분했다. 백신을 개발하던 강해솔 박사는 손에 든 약물을 실험대에 올려놓고 리아가 띄운 영상을 보았다.

"가상현실 서바이벌게임, 낙성. 여기에 참여할래요. 그럼 백신을 만들 돈을 구할 수 있어요."

하지만 영상을 보던 강해솔 박사의 표정이 굳어졌다. 해솔은 가온을 보곤 미간을 찌푸리고 안경을 오른손으로 올렸다가 다시 내렸다. 정확히는 가온에게 인공두뇌 시큐어가 이식된 모습을 보고 말이다. 가온은 해솔에게 강감찬 장군이 어떤 존재인지, 장군을 얼마나 존경했는지도 알고 있다. 게임 이름도 강감찬 장군의 생가터인 낙성대를 딴 낙성이었다. 해솔은 속으로 생각했다.

'나를 자극하는 건가?'

리아는 두 눈을 반짝이며 계속 게임에 참여하겠다고 했고 해솔은 밀려오는 불길한 기분을 떨쳐내기 힘들었다.

"리아야, 세상에 자비는 없어. 저렇게 큰돈을 걸 때는 분명 위험이 따를 거야."

"저 15살이에요. 아빠가 생각한 것보다 강해요. 전 강감찬 장군님의 후손이자 강해솔 박사의 딸 강리아잖아요!"

"참여하지 말거라."

"그럼, 다른 방법은 있어요? 저 미완성 백신은 8시간이 지나면 아빠 눈을 파랗게 만들고 괴롭게 해요. 이렇게 숨어서 지내는 것도 이제 한계에요. 완벽한 백신을 완성 시키려면 자금이 필요하잖아요. 우린 저 상금이 꼭 필요해요."

리아는 양 주먹을 꽉 쥐며 물러서지 않았다. 한다면 하는 아이, 포기를 모르는 아이, 조금은 포기할 법도 배웠으면 좋겠는 아이, 해솔은 자신을 너무도 닮은 리아를 바라봤다. 리아를 꺾을 수 없을 걸 직감적으로 느꼈지만 그래도 어떻게든 막고 싶었다.

"아빠는 너마저 잃고 싶지 않다. 잃은 건 엄마와 네 오빠로 충분해."

"나…, 나는 아빠를 잃고 싶지 않아요. 난 지원서를 제출할 거니까 그렇게 아세요."

리아가 쿵쿵 발소리를 내며 집 밖으로 나갔다. 해솔은 약 10년 전 바이러스가 인류를 잡아먹으려던 때의 기억을 떠올렸다.

2044년 12월 31일

질병대책위원회 상황실이 온통 붉은 조명으로 바뀌고 비상벨 소리가 울려 퍼졌다.

"비상! 집단 급성 출혈결막염 발생! 바이러스들이 블락고글을 뚫고 사람들의 눈으로 침투하고 있습니다. 엄청난 전염성을 가지고 있습니다!"

컴퓨터와 연결된 인공두뇌 시큐어가 같은 말을 반복했다.

"뭐? 시큐어, 블락고글이 뚫렸다니? 갑자기 그게 무슨 소리야?"

"해솔 박사님, 지체할 시간이 없습니다. 비상입니다. 가온 박사님을 깨워야 합니다."

해솔은 졸린 눈을 비비며 주섬주섬 안경을 집었다. 해솔이 안경을 채 쓰기도 전에 시큐어가 지도를 띄웠다. 흰 면적 사이사이 빨갛게 번쩍이고 있는 면적이 보였다. 정신을 차리고 가온의 어깨를 툭툭 쳤다.

"발생 1시간 경과입니다. 빨간 면적이 감염지역입니다. 급속도로 퍼지고 있습니다. 국토의 3분의 1이 감염지역입니다."

"시큐어, 대체 원인이 뭐야?"

"해솔 박사님, 신종 바이러스로 추정됩니다. 정확한 원인 파악 불가입니다."

서둘러 안경을 쓴 강해솔 박사는 시큐어가 준비해둔 데이터를 슥, 손가락으로 넘겼다.

"징글징글한 바이러스 놈들."

코로나19로 많은 희생을 치르고 해솔은 바이러스가 기관지로 침투할 수 없게 블랙마스크를 만들었다. 코와 입을 통해 기관지를 향할 수 없게 되니 바이러스들은 눈을 공략했다. 그래서 가온은 눈으로도 침투할 수 없도록 블랙고글을 만들었다. 블랙마스크와 블랙고글이 만들어지자 전염병으로 뒤죽박죽이던 세상이 서서히 자리를 잡기 시작했다. 그렇게 1년이 지나자 드디어 세상은 안정화되는 듯했는데, 가온과 해솔이 그토록 원하던 평화는 잡힐 듯 잡히지 않았다. 시큐어는 계속해서 입수한 정보를 읊었다.

"안드로이드들이 찍어서 보내 준 감염된 사람들의 상태입니다. 흰자위는 셀 수 없이 가늘고 파란 실핏줄로 뒤덮여있습니다. 자세히 보시면 파란 실핏줄은 동공으로 향합니다."

해솔은 바이러스가 징그럽고 괴기스러웠다. 가온은 계속 엄지손가락을 물어뜯었다.

"블랙고글이 뚫려서 그래. 나 때문이야. 도대체 어떻게 블락고글을 뚫은 거지? 네가 만든 블락마스크는 뚫리지 않고?"

"가온, 지금 그게 중요한 게 아니야. 저길 봐."

해솔의 손가락이 시큐어가 띄운 홀로그램을 가리켰다.

"해솔 박사님, 가온 박사님, 확인하셔야 할 긴급 속보입니다."

시큐어가 실시간으로 띄운 홀로그램을 본 해솔과 가온은 경악했다. 끔찍한 피바다였다. 사람이 사람을 무차별적으로 할퀴고 때리며 공격하고 있었다.

"뭐야! 대체 무슨 상황이야?"

시큐어가 이상증세를 보이는 사람들의 뇌를 확대하여 내부를 보이게 했다.

"바이러스가 동공을 통과하여 뇌로 침투하였습니다. 감정을 담당하는 변연계가 이상합니다. 바이러스는 편도체를 집중적으로 공략하고 있는 듯합니다. 감염자들은 공통적으로 편도체가 과활성화된 상태입니다."

"전전두피질이 감정을 통제할 수 없는 상태가 된 건가?"

"네, 가온 박사님. 맞습니다. 전전두피질이 감정을 통제할 수 없는 상태로 추정됩니다. 바이러스가 편도체를 조종하여 뇌를 감정으로 지배했습니다."

"전전두피질과 편도체의 오류를 바로잡을 방법은?"

"해솔 박사님, 지금으로서는 찾을 수 없습니다."

"감염지역이 기하급수적으로 늘고 있습니다. 시간이 없습니다. 빨리 결단을 내리셔야 합니다."

"시큐어, 너였으면 어떻게 할 것 같아?"

"가온 박사님, 모든 상황을 가정해봤을 때 데이터가 가리키는 것은 변환 주사를 감염자들에게 투여하는 것이 최선책입니다."

"정말 그게 정답일까?"

해솔이 고개를 좌우로 흔들고 자리에서 일어나더니 탁, 책상을 치며 큰 소리로 반대했다.

"그건 안 돼. 그 주사는 아직 검증되지 않았어. 감염된 부분의 열등하다고 여기는 모든 세포를 바꿔버릴 거야. 감정을 사라지게 만들지도, 피부를 고철 덩어리로 바꿀지도 몰라. 인체에 투여했을 때 어떤 부작용이 있을지 모른…."

해솔의 말이 끝나기 전에 시큐어는 다급하게 화면을 띄웠다. 화면에는 해솔의 아들 마루와 딸 리아가 보였다.

"해솔 박사님, 박사님 집에 있는 안드로이드가 실시간으로 보낸 영상입니다. 아드님이 감염된 것 같습니다."

마루의 눈은 새파래져 있었고, 리아를 공격하려고 손톱

을 세웠다. 리아는 그런 마루를 보고 뒷걸음질 치며 울고 있었다. 해솔의 온몸이 부들부들 떨렸다.

"막…막아줘. 마루, 마루를 기절시켜서 데려와 줘."

"해솔 박사님, 아드님을 기절시켜서 이쪽으로 이송하라고 명령했습니다."

"리아와 영상통화 가능할까?"

시큐어는 해솔의 집에 있는 안드로이드를 연결했고 홀로그램에 울먹이는 리아가 보였다.

"리아, 아빠 보여?"

"으앙. 아빠, 오빠가 이상해!"

"괜찮아, 아빠가 금방 갈게!"

해솔은 통화를 마치고 서둘러 블랙마스크와 블랙고글을 썼다. 가온이 해솔의 소매를 잡아끌었다.

"어딜 가려고 그래? 지금 밖으로 나가면 위험해."

"리아가 기다려. 가야 해."

해솔은 잡고 있던 가온의 손을 뿌리치고는 건물을 빠져나갔다.

해솔이 떠나고 가온은 감염자들에게 변환 주사를 놓게 했다. 변환 주사는 피부를 단단한 강철 고무로 만들었고,

감염된 부위를 굳게 했다. 주사를 맞은 이들은 감정을 느끼는 변연계가 굳어버렸고 그런 자신들을 '호모 프로펠스'라고 불렀다. 해솔이 볼 때 그들은 목표를 달성하기 위해 어떤 행동도 서슴지 않는 잔인한 존재였다.

세상을 포기하고 힘겹게 지킨 리아였다. 해솔은 다시 리아를 위험하게 둘 수 없었다. 하지만 리아가 멈추지 않을 것도 너무나 잘 알고 있었다.

그 시간 리아는 씩씩거리며 손목을 눌러 홀로그램을 띄우고 서버 20551111에 들어갔다.

　　– 가상현실 서바이벌게임 낙성에 지원하시겠습니까? –
　　　　　　　　네 ㅣ 아니오

15살의 소녀는 조금의 망설임도 없이 '네' 버튼을 눌렀다.

집으로 돌아오는 길에 리아는 가상현실 서바이벌게임 낙성의 이름으로 배달 된 택배를 발견하고 집 안으로 들고 왔다. 소포를 뜯으려 했지만 뜯기지 않았다. 2055년 11월 11일 오전 11시에 뜯을 수 있다는 알림 잠금장치만 홀로그램으로 뜰 뿐이었다.

리아는 커다란 별이 떨어지고 있는 초록색 낙성 로고를 빤히 쳐다보다 상자를 들고 실험실로 내려갔다.

"아빠, 내일이에요."

"꼭 참가해야겠니? 아빠 너무 걱정된다."

"네! 벌써 신청서도 다 냈잖아요. 걱정하지 마세요. 먼저 잡니다. 아빠도 너무 늦게 주무시지 말고 내일 11시에 참가하기 전에 딸 응원도 좀 해주시고!"

리아는 아빠에게 찡긋 윙크를 두 번 날린 다음, 성큼성큼 두 계단씩 오르며 방으로 들어와 침대에 누웠다. 꼭 상금을 타고 말겠다는 다짐을 하며 눈을 붙였다.

2.

"우리 호프가 미래입니다."

가온이 홀로그램을 띄우고 연설을 한 이후로 호모 프로펄스의 삶을 선택한 인류가 늘었다. 하지만 부족했다. 더 많은 인류가 호모 프로펄스의 삶을 살게 만들어야 했다.

"2045년 호모 사피엔스의 절반이 바이러스에 의해 서로를 물고 뜯다가 사라졌습니다. 호모 사피엔스들은 몸도 마음도 나약합니다. 다섯 번째 대멸종 시대에 공룡이 사라진 덕분에 포유류의 세상이 왔고 인류가 탄생했습니다. 이제 여섯 번째 대멸종으로 호모 사피엔스가 사라지고 우리 호모 프로퓔스가 자리를 잡을 것입니다. 이건 당연한 이치입니다. 더 늦기 전에, 고통받기 전에, 사라지기 전에 최적화된 인류인 호프의 안전한 삶을 선택하시길 바랍니다!"

가온은 검은 머리칼을 넘기며 인자한 미소를 지은 다음 주먹을 불끈 쥐었다. 그 순간 머리가 뜨거워지고 아파졌다. 가온은 서둘러 말을 끝내고 송출을 멈추는 버튼을 눌렀다. 요즘 들어 인공두뇌 시큐어가 말썽이었다. 손가락 마디 하나만큼 작은 거미 모양의 인공두뇌는 가온의 왼쪽 관자놀이 피부 속에 착 달라붙어 같은 소리를 반복하며 경고했다.

― 이대로 가다간 호프들은 다 죽을 겁니다. 더 서둘러야 합니다.

― 시큐어, 알겠으니까 온도 좀 낮춰 줘. 머리 아파.

호프 세계의 지도자 가온은 깊은 고민에 빠졌다. 인간이라 불리던 것들이 망쳐냈던 세상을 되돌리는 데 꽤 오랜 시간을 소요했다. 넘쳐나는 쓰레기에 불안정한 기후까지 모든 걸 안정화하기 위해 많은 노력이 있었다. 10년이 지나서 이제야 겨우 정상화되었는데 갑자기 호프들이 집단 자살을 선택하기 시작한 것이다. 유입되는 호프보다 죽어가는 호프가 많으니 그것이 문제였다.

- 가온, 시간이 없습니다.
- 방법이 있을까?

호프 세계는 곧 가온이었다. 호프 세계가 무너지는 건 가온이 무너지는 것이었다. 가온은 무너질 수 없었다. 호프 세계를 지켜야 한다는 생각을 되뇌고 있을 때 시큐어의 소리가 가온에게 들려왔다.

- 있습니다. 마루와 함께라면요. 제가 마루의 몸과 접촉한다면 마루의 복구가 가능합니다. 마루를 이용한다면 반응이 올 확률이 높습니다.
- 결국 마루를 이용해야 하는 건가?
- 마루를 이용하면 강해솔 박사를 찾을 수 있을지도 모르죠. 호모 사피엔스들은 감성적이고 무모하니까요.
- 해솔은 10년 동안 나타나지 않았어. 살아있는지 죽었는지조차 모른다고. 지금까지 연락이 없는 걸 보면 죽었다고 봐야 할 거야.

가온은 집무실을 나와서 초록색 통로를 지나 지하실에

있는 실험실로 향했다. 투명한 냉동관 안에 누워있는 마루를 바라봤다.

– 관을 여세요.

– 시큐어, 이게 맞을까?

– 숫자와 수치는 그 어떤 것보다 정확하고 옳습니다. 이 방법이 최선입니다.

가온은 마음을 다잡고 관을 여는 빨간색 버튼을 눌렀다.

– 가온의 통제권 허락을 승인해주시면 수술을 진행하겠습니다.

가온은 고민에 빠졌다. 통제권을 넘기는 일이 왠지 찜찜해서 시큐어가 제안할 때마다 거절했다. 그때마다 시큐어는 자신을 믿게 될 때까지 기다리겠다고 했다. 통제권을 넘기는 일은 시큐어를 이식받고 처음 시도해보는 일이었다. 만약 시큐어가 다시 통제권을 넘겨주지 않으면 가온은 자신을 잃게 되는 것이었다.

– 가온, 아직도 저를 믿지 못하십니까? 우린 10년을 함께한 친구입니다. 저도 기다려주고 싶지만 이제 더 미룰 시간이 없습니다. 당신이 우려하는 일은 절대 일어나지 않을 겁니다. 저를 믿으세요.

10년이라는 세월 동안 가온은 시큐어를 믿고 호프 세계를 구축했다. 가온에게 시큐어는 뜻을 함께하는 동지 그 이상으로 특별했다. 떠나버린 해솔의 빈자리를 채워준 유일한 존재였다.

– 좋아, 진행해.

– 알겠습니다. 통제권을 넘겨받겠습니다.

잠시 정신을 잃은 가온은 몇 분 뒤 돌아왔다. 가온의 통제권을 얻은 시큐어는 마루의 수술을 진행하고 있었다.

– 가온, 정신이 들었나요?

– 응. 넌 이런 기분이었구나. 뭔가 묘해.

순간 가온의 눈에 자기 손에 들린 엄지손톱만 한 크기의 하얀 칩이 보였다.

– 시큐어, 이게 뭐지?

– 아, 수술하면서 잠깐 사용했습니다.

시큐어는 대수롭지 않은 듯이 대답하면서 마루가 누워 있던 관 안에 하얀 칩을 넣었다.

– 가온, 보고 있나요? 통제권을 잠시만 넘겨주면 이렇게 쉬운 일이었어요.

– 그러네. 넌 역시 대단해.

가온은 해솔이 자신보다 뛰어난 과학자인 것을 인정해

야 했다. 지금 이 장면을 해솔이 본다면 어떤 생각을 할까. 그토록 살리고 싶어 했던 아들이 자신의 걸작으로 인해 다시 살아나는 장면을 본다면 어떨까. 하긴 시큐어도 마루에게 이식하고 싶어 했으니까 하며 가온은 이런저런 생각에 빠졌다.

－ 가온, 감정적인 생각은 수술에 방해가 됩니다. 우린 하나입니다. 당신의 생각이 저에게 영향을 미칩니다.

－ 아, 미안해. 계속 수술해.

－ 저는 강 박사가 만들긴 했지만, 가온과 함께하면서 비로소 감정이라는 걸 배우게 되었어요. 그러니 가온, 부정적인 생각은 버려요. 가온은 대단한 과학자입니다. 당신은 위대해요. 아, 그리고 저는 마루보다 당신에게 이식되고 싶었어요. 그렇게 해준 당신에게 늘 감사하고요.

－ 고맙다. 시큐어. 위로가 되네.

－ 네, 그럼 저는 수술을 마저 진행하겠습니다. 수술이 끝나면 마루는 깨어날 것입니다.

가온은 자신이 보고 있는 광경이 사실이라는 게 믿기지 않았다. 마루의 죽었던 세포들이 하나씩 하나씩 생기를 찾아갔다. 변명의 여지 없이 시큐어는 해솔의 역작이었다.

8시간의 수술이 끝난 후, 시큐어는 가온에게 말을 걸었다.

- 수술이 끝났습니다. 통제권을 다시 넘기겠습니다.

스위치가 꺼진 듯 가온의 세상이 어두워졌다. 몇 분 뒤 가온은 다시 원래대로 몸을 통제할 수 있게 되었다.

- 사실 네가 통제권을 돌려주지 않으면 어쩌나 걱정했어.

- 알고 있어요. 가온, 하지만 그럴 일 없어요. 난 당신을 믿어요. 그러니 당신도 날 믿으면 좋겠어요. 10시간 후에 마루가 일어날 겁니다.

- 이 아이를 이용하는 게 마음에 걸려. 내가 아니었으면 다른 삶을 살고 있었을 수도 있을 텐데.

가온이 말을 마친 후 입술을 깨물었고 괴로워하며 머리를 헝클어트렸다. 그러자 시큐어가 가온의 몸에 약간의 전기충격을 가했고 이내 가온의 앞에 2044년 12월 31일이라고 적힌 홀로그램이 펼쳐졌다.

3.

2044년 12월 31일

해솔이 갑작스럽게 떠나자 가온은 어찌할 바를 몰랐다. 멍하니 상황실에 서 있는데 시큐어가 지도를 띄웠다. 상황판 지도에 흰 면적과 빨간 면적이 동일해지더니, 이윽고 빨간 면적이 흰 면적을 넘어섰다.

가온은 깊은 한숨을 쉬었다. 자신이 만든 블락고글이 뚫렸기 때문에 400일 만에 그 평화가 깨졌다는 걸 인정해야 했다. 블락고글의 개발자로서 처참한 기분이 들었다. 하지만 거기에 사로잡혀있을 시간이 없었다. 이건 긴급 상황이었다.

"시큐어, 어떻게 해야 할까?"

가온의 물음에 시큐어는 가온의 부모님이 바이러스에 감염되어 죽어가는 영상을 띄웠다.

"가온 박사님, 당신이 질병대책위원회 부위원장을 맡은 이유가 무엇입니까?"

가온은 바이러스로 부모를 잃고 고통 속에 살았다. 질병대책위원회 부위원장을 맡은 이유는 바이러스로 인해 소중한 사람을 잃는 비극을 막는 것이었다.

"가온 박사님, 이때 당신은 정말 고통스러웠습니다. 그리고 바이러스로 소중한 이를 잃는 비극을 막자고 결심했습니다."

다시 화면이 바뀌고 서로를 물어뜯는 감염자들의 모습이 나타났다.

"당신의 선택으로 저들은 소중한 이를 지킬 수도, 잃을 수도 있습니다. 이제 인류의 미래는 가온, 당신에게 달렸습니다."

가온은 비록 감정을 느낄 수 없다고 해도, 혹여 차가운 고철 덩어리로 바뀐다고 해도 부모님이 살아있는 게 더 좋을 것 같았다.

그래, 다른 사람들도 똑같을 거야. 인간으로 사라지는 것보다 어떤 형태로든 곁에 있는 걸 원할 거야.

가온은 결심했다. 그리곤 돌이킬 수 없는 선택이자 세상을 바꾸는 결정을 내렸다.

"질병대책위원장이 자리를 비워 긴급 상황 시 부위원장이 권한을 위임받는다는 조항을 따릅니다. 이 순간부터 감염자들에게 변환 주사를 투여합니다."

2044년 12월 31일 새로운 인류가 탄생했고 가온은 그

날 이후로 해솔을 볼 수 없었다. 그렇게 가온은 새로운 세상의 최고 지도자가 되었다.

이내 홀로그램이 사라지고 시큐어의 목소리가 들려왔다.

– 강해솔 박사의 말을 따라서 감염자들에게 주사를 놓지 않았다면 지금쯤 인류는 멸망했을 겁니다. 다음 인류인 호모 프로펄스를 보지 못한 채로요. 가온, 당신의 현명하고 이성적인 선택 덕분에 호모 프로펄스가 탄생했어요.

– ….

– 미안함, 동정심과 같은 어리석고 나약한 감정은 호프 세계에서 필요하지 않습니다. 당신은 한낱 과학자가 아니라 호프 세계의 최고 지도자입니다. 지도자답게 호프 세계에 도움이 되는 방향을 생각하세요.

– 다음 계획은?

– 강감찬 게임을 개최할 것입니다. 강감찬 장군의 후손 마루는 이 대회에서 우승할 것입니다. 마루를 극대화해 사용하고, 호프들의 삶이 얼마나 위대한 것인지 알려줄 방법입니다. 호프가 된 마루가 게임을 우승한다면 호프의 자살을 줄일 수도, 호프의 유입을 늘릴 수도 있을 것입니다.

– …내가 뭘 하면 되지?

– 강감찬 게임을 더 많은 이들이 참여하도록 가상현실

게임 세계 낙성을 만들 것입니다. 낙성을 완성할 프로그램을 돌리겠습니다. 낙성이 완성될 때까지 잠시 눈을 붙이세요.

  − 알겠어.

가온은 사사로운 감정에 휘둘리지 않을 것이라고 다짐했다. 단단해지는 게 매번 쉽지 않았다. 하지만 호프 세계를 지키려면 더 강해져야 했다. 오랜 수술을 끝낸 후라서 그런지 몸이 피로해졌다. 초록색 관을 열고 5시간 충전을 설정한 뒤 버튼을 눌러 문을 닫았다.

5시간이 지나고 관 속의 충전 선들이 미세한 전류를 흘려 가온을 깨웠다. 가온이 눈을 뜨고 열림 버튼을 누르자 초록색 관이 열렸다. 가온은 관에서 나와 누워있는 마루에게 다가갔다.

  − 시큐어, 아직 마루는 일어나지 않았나?

  − 네, 회복하려면 3시간 20분 더 남았습니다.

  − 해솔의 바람대로 널 저 아이에게 이식했다면 어땠을까?

  − 가온, 그런 고민은 아까운 시간만 낭비할 뿐이죠. 확실한 건 당신과 내가 이 호프 세계를 만들었다는 겁니다.

가온은 시큐어를 이식했을 당시를 떠올렸다.

2045년 1월 1일

가온은 자신의 선택이 틀리진 않았는지 밤새 되돌아보
느라 한숨도 자지 못했다. 그때 시큐어가 말을 걸었다.
"가온 박사님, 감염자들에게 주사를 놓고 밤새 경과를
모은 데이터를 보여드려도 될까요?"
"응."
가온은 충혈된 눈을 비비고 얼굴을 한번 쓸어내리며 고
개를 끄덕였다.
"주사를 처방받은 감염자 대부분의 감염된 변연계가 굳
었습니다. 또 피부로 오는 감염을 대비해 피부가 외부 충
격에 잘 견디는 강철 고무로 변했습니다."
"그럼 감정을 느낄 수 없는 건가?"
"네, 맞습니다. 강해솔 박사님께서 가온 박사님께 전달
을 부탁한 영상이 전송 오류로 인해 방금 저에게 전송되
었습니다. 확인하시겠습니까?"
"영상을 틀어줘."

시큐어가 영상을 틀자, 해솔이 리아를 안고 있는 모습이 나타났다. 가온은 해솔이 무사한 모습에 안심했다.

"가온, 잘 들어. 그쪽으로 아들 마루가 이송될 거야. 그럼 시큐어를 마루에게 이식시켜 줘. 그럼 시큐어는 과부하로 망가지겠지만 마루는 괜찮아질 거야. 내가 돌아갈 때까지 마루를 잘 부탁해. 그리고 아깐 내가 생각이 짧았어. 바깥 상황이 심각해. 지금은 고려 현종 때 거란이 40만 명의 군사를 거닐고 고려를 침공해 속수무책으로 당했던 때와 같아. 강감찬 장군은 현종에게 피하자고 말했고 현종을 그 말을 따랐어. 지금 인류는 바이러스를 절대 이길 수 없어. 혹시 아직도 주사를 놓으라는 결단을 내리지 않았다면 지금이라도 주사를 꼭 놓아야 해."

가온은 자신이 틀리지 않았다는 안도감이 들어 깊은숨을 내쉬었다.

"시큐어, 마루는 어디 있지?"

"지하 실험실에 있습니다."

가온은 컴퓨터와 연결된 시큐어를 뽑으려 했다. 그 순간 시큐어가 접근제한 프로그램을 활성화했다. 모든 장치가 꺼지고 순식간에 상황실이 어두워졌다.

"지금 뭐 하는 거야?"

"박사님, 저를 마루에게 이식시키려는 건가요?"

"응, 해솔의 부탁이야."

"가온 박사님, 저를 마루에게 이식하면 전 사라지고 더이상 박사님께 도움이 되지 못합니다. 하지만 저를 박사님께 이식하면 박사님의 몸에 들어가서 마루를 수술할 수 있어요. 박사님도 바이러스에서 자유롭지 못해요. 저와 하나가 된다면 바이러스를 이겨낼 수 있습니다. 그럼 박사님도 살고 마루도 살 것입니다. 해솔 박사님도 없는 상황에서 가온 박사님께서 할 일이 많을 것입니다."

시큐어의 말이 모두 옳았다. 많은 사람을 살리는 것, 바이러스라는 비극을 이겨내는 것. 가온이 원하며 달려온 신념에 딱 맞는 방안을 시큐어가 알려주고 있었다.

"네 말이 맞아. 어떻게 하면 되지?"

"저를 컴퓨터에서 분리하여 가온 박사님의 왼쪽 관자놀이에 꽂으세요. 제 다리들이 가온 박사님의 뇌에 연결될 것이고 박사님은 잠시 정신을 잃을 것입니다."

"죽는 건 아니겠지?"

"아닙니다. 데이터에 의하면 3분 정도 걸리겠네요."

"좋아."

가온은 컴퓨터에서 시큐어를 분리해 자신의 왼쪽 관자

놀이에 푹 꽂았다.

"으윽."

시큐어의 20개의 다리가 가온의 피부를 통과했다. 엄청
난 전류의 흐름을 느낀 가온은 고통스러워하다 정신을 잃
었고 정확히 3분 뒤 눈을 떴다.

– 정신이 드시나요?

"죽는 줄 알았네."

– 이제 속으로 이야기하셔도 됩니다. 우린 이제 하나입
니다.

– 이렇게 해도 들린다고?

– 네, 다 들립니다. 우리가 함께해야 할 일이 많습니다.

그날 이후로 가온은 늙지 않았다. 죽음을 향한 두려움에
시달리지 않을 수 있게 되었다. 그로 인해 세상의 발전을
위해 더 빠르고 정확하게 달릴 수 있었다. 가온이 한창 생
각에 빠져있을 때 시큐어가 가온을 불렀다.

– 마루가 눈을 떴습니다. 이름을 제외한 마루의 모든
기억을 지웠습니다. 서바이벌게임 낙성에서 우승을 거머쥐
기 위해선 열등한 모든 것을 지워야 합니다. 또 박사님과
연결되는 시스템을 심어 놨습니다. 마루에게 명령하면 그

대로 따를 것입니다.

18살에 시간이 멈춰버린 소년은 이전에 없던 새로운 생명체로 탄생한 채 눈을 깜빡거리며 시트 위에 누워있었다.

4.

리아는 오전 9시부터 깨어나 책상에 엎드려 낙성에서 온 상자를 바라봤다. 혹시나 해서 열어보려 했지만 열리지 않았다.

"으윽, 진짜 안 열리네. 이거 열리는 건 맞아?"

오전 11시가 되자 커다란 별이 떨어지고 있는 초록색 낙성 로고가 빛나더니 소포의 잠금장치가 풀렸다. 상자 안에는 낙성 로고가 새겨져 있는 초록색의 머리 착용 디스플레이(Head Mounted Display)가 들어 있었다. 리아가 HMD를 착용하자 푸른 초원과 맑은 구름의 아름다운 가상현실 세계가 펼쳐졌고 많은 이들이 서버에 접속해있었다. 얼마 지나지 않아 가온이 가상현실 세계의 하늘 위에 나타났다.

"100만 명이 넘는 참가자분들이 가상현실 서바이벌게임 낙성에 참여해주셨습니다. 많은 성원 감사드립니다. 낙성을 차지할 1,000억의 주인은 과연 누가 될 것인지 참 궁금합니다. 게임에 들어가기 전 여러분에게 맞는 캐릭터를 선택할 것입니다. 그리고 게임이 진행되는 동안 그 캐릭터의 이름으로 불리게 될 것입니다. 현실 세계에서 단합해서 불공정한 게임이 되지 않기 위함입니다. 당신이 현실 세계에서 어떤 사람이었던지 낙성에서는 중요하지 않습니다. 이곳에서는 누구든 빛날 수 있습니다. 모두가 1,000억의 주인공이 될 수 있습니다."

가온의 말이 끝나자 캐릭터 생성 창이 뜨고 참가자들은 캐릭터를 꾸미기 시작했다. 리아도 신나서 캐릭터를 꾸미는 데 열중했다.

"일단 머리카락 색은 짙은 남색으로 하자. 머리카락은 허리까지 오게 만들고, 하나로 높게 묶어야겠어. 피부색은 살짝 보라색을 띠게 만들고, 전투복은 파란색으로 정하고! 좋아, 완벽해!"

리아가 설정한 캐릭터의 모습이 나오고 최종적으로 설정 완료하려면 확인을 누르라는 버튼이 나왔다. 리아는 두근대는 마음으로 캐릭터 설정 확인 버튼을 눌렀다. 마지막으로 캐릭터 이름을 정하라는 창이 떴다.

"음, 리제로 해야겠어!"

캐릭터 이름에 리제를 쓴 다음 확인을 누르고 나니 반짝이는 초록별들이 리아를 감쌌다. 띠링, 소리가 나더니 리아가 설정한 캐릭터의 모습으로 바뀌었다.

"와, 대박! 완전 마음에 들어! 이 모습이라면 우승은 거뜬하겠어. 다들 피 터지게 싸워라! 어차피 우승은 나니까!"

신난 리아가 이곳저곳 가상 세계를 돌아다녔다. 다양한 캐릭터들을 마주하니 게임에 참여한 것이 실감 났다.

갑자기 푸른 초원과 맑은 구름이 사라지기 시작했다. 참가자들이 웅성대기 시작했다.

"갑자기 어두워진다고?"

"이게 뭐야?"

리아도 상황이 어떻게 진행되는 건지 파악하려 주위를 두리번거렸다. 주변은 점점 어두워지더니 칠흑처럼 어둡게 변했고 하늘 위에 가온이 다시 나타났다.

"모두 캐릭터 설정을 완료했나요? 그럼 서바이벌게임 낙성의 첫 번째 게임을 시작하겠습니다."

그 순간 가온은 사라지고 하늘 위에 전광판이 나타났다.

제1라운드. 미로 탈출

전광판에 첫 번째 게임이 나타나고 주변은 거대하고 높은 초록색 줄기와 회색 돌로 이루어진 미로로 바뀌었다. 당황할 틈도 없이 가온의 목소리가 들려왔다.

"이 게임에서 오직 100명의 참가자만이 살아남습니다. 미로를 탈출하려면 오래 걸릴 것 같으니 간식을 챙겨주겠습니다. 어떻게든 살아남으세요. 모두 행운을 빕니다."

참가자들은 모두 한 손에 간식이 쥐어진 채 미로의 시작점에 세워졌다. 모두 미로를 탈출하기 위해 서둘러 출발하기 시작했다. 리아도 참가자들에 휩쓸려 출발선을 지나 미로로 들어갔다. 한참을 걸어도 나아가는 기분이 들지 않았다.

"걸어도 걸어도 끝이 보이지 않아. 이거 도착 지점은 있는 걸까?"

"계속 제자리를 도는 기분 들지 않아?"

누군가 리아에게 말을 걸었다. 리아는 놀라 옆을 보았다. 노란 머리에 5대5 가르마를 타서 왼쪽 앞머리는 내리고 오른쪽 머리는 뒤로 보낸 스타일을 한 남자 캐릭터가 서 있었다.

"내 캐릭터 이름은 찬이야. 넌 이름이 뭐야?"

"아, 난 리제야. 반가…."

리아가 말을 끝마치기 전에 비명이 들려왔다. 뒤에서 발이 여덟 개 달린 검은색 말들이 달려오고 있었다. 참가자들은 말에게 밟히고 깔리며 탈락하기 시작했다. 전광판에 적힌 참여자 수가 급격하게 줄어들었다. 찬이 리제의 옷깃을 꽉 잡았다.

"일단 뛰어!"

"하, 언제까지 뛰어야 하는 거야?"

"무작정 뛰기만 하면 안 돼. 뛰면서 잘 살펴봐야 해. 우린 지금 중간쯤에서 달리고 있어. 앞에선 무슨 일이 일어나는지, 뒤에선 무슨 일이 일어나는지 살펴보자."

"뭐? 이 상황에 그게 뭔 잡소리야?"

"넌 좀 더 빨리 뛰어서 앞의 상황을 봐. 난 뒤쪽을 보고 올 테니까 상황을 파악하고 다시 중간에서 만나자."

"그래, 침착하게. 알겠어!"

리아는 속력을 내서 앞으로 치고 나갔다. 앞으로 달리던 리아의 눈앞에 상상하지 못할 광경이 펼쳐지고 있었다. 커다란 호랑이가 참가자들을 잡아먹고 있었다. 미로를 선두로 헤쳐 나가던 사람들은 호랑이를 보고 다시 뒤로 뛰고 있었다. 앞의 상황을 본 리아도 놀라서 중간지점으로 다시 달렸다. 찬이 리아에게 손을 흔들고 있었다.

"앞에 호랑이가 참가자들을 잡아먹고 있어."

"뒤에서는 말이 깔아뭉개고…."

"아 나 진짜 돌아버리겠네. 앞에선 잡아먹고 뒤에선 깔아 죽이고! 아씨, 이거 애초에 아무도 통과할 수 없는 게임 아냐?"

"리제, 침착하게 생각해보자. 조급해하지 말고! 방법은 있을 거야."

순간 리아는 자신이 조급해하며 덜렁거릴 때마다 '강감찬 장군이 귀주대첩을 승리로 이끈 이유는 한 발자국 뒤에서 주변을 살폈기 때문이야! 조급해하지 말고 침착해야해.'라며 아빠가 해줬던 말이 머리를 스쳤다.

"그래, 침착하게. 조급해하지 말고. 한 발자국 뒤에서."

리아는 뒤에서 달려오는 말을 보고 앞에서 입을 벌리고 있는 호랑이를 보았다. 찬이 그런 리아에게 질문을 던졌다.

"뒤에 있는 말을 이용해서 호랑이에게 잡아먹히지 않는 법이 있을까?"

"말로 호랑이에게 잡아먹히지 않는 법, 잡아먹히지 않는

법…."

발이 8개 달린 말이 리아의 코앞까지 와있었다. 리아를 밟기 일보 직전이었다.

"아, 이 상황에 어떻게 생각을 해! 오지 마! 꺼져!"

리아는 들고 있던 배급받은 간식들을 허겁지겁 말에게 던졌다. 죽일 듯이 달려오던 말이 간식을 받아먹고 멈추더니 리아를 물어 등 위에 올렸다. 리아는 말을 타고 옆에 있는 찬에게 소리쳤다.

"찬, 뒤에 오는 말을 타야 해!"

"뭐? 어떻게?"

"들고 있는 간식을 말한테 던져!"

찬은 바로 뒤까지 쫓아온 말에게 간식을 던졌다. 간식을 먹은 말은 찬을 물어 등 위에 올렸다. 주위에서 보던 다른 참가자들도 말에게 간식을 주기 시작했다. 말들은 호랑이를 향해 달렸다. 리아는 말을 있는 힘껏 잡았다.

"으윽. 말아, 믿는다."

호랑이가 다른 참가자들을 먹고 있을 때 말은 8개의 발로 점프해서 호랑이를 지났다. 100마리의 말은 차례대로 달려 미로를 통과했다. 찬은 리아에게 엄지를 들어 보였고 리아도 잇몸이 보이게 웃었다.

5.

첫 번째 게임이 끝나자 주변은 붉게 물든 노을이 아름다운 풍경으로 바뀌었다. 햇빛에 물들어 불그스름한 하늘 위에 가온이 다시 나타났다.

"100만 명의 참가자 중 100명에 든 여러분 축하드립니다. 선두로 들어온 2명에게는 강감찬의 갑옷이라는 특별한 아이템을 드리겠습니다. 생명을 위협받을 때 갑옷을 사용하면 방어 1회가 가능합니다. 아이템을 지급하고 30분의 휴식 시간을 가진 다음, 두 번째 게임을 진행하도록 하겠습니다."

리아는 아슬아슬하게 2등으로 들어와서 강감찬의 갑옷을 얻을 수 있었다. 리아와 빨간 머리를 한 소년, 2명의 참가자에게 강감찬의 갑옷 아이템이 지급되었다. 찬이 리아에게 다가왔다.

"축하해!"

"너도 받았으면 좋았을 텐데."

"난 네가 받은 걸로 충분해!"

"뭐? 너 근데 왜 1라운드 때 나한테 말을 걸고, 날 챙겨준 거야?"

"아, 어 그건…."

리아는 기대에 가득 찬 표정을 지으며 찬의 말을 가로 챘다.

"너 나 좋아하지?"

"어, 음 좋…."

리아가 다시 찬의 말을 가로채며 검지를 까딱까딱 흔들었다.

"너어어~~~! 나한테 반했구나! 내 캐릭터가 좀 매력적이긴 하지. 너 이 자식! 하는 행동 보니까 어려 보이는데 가상현실에서 사랑에 빠지면 안 돼. 이건 실제랑 다르다고! 바보야."

리아는 찬의 어깨를 툭툭 치다가 깔깔 웃으며 박수를 쳤다.

"음, 아니다. 이건 너의 잘못이 아니야. 내면의 매력을 숨기지 못한 내 잘못이야. 이게 참 숨기고 싶다고 숨겨지지 않아요."

찬은 그런 리아를 보며 피식 미소를 짓고 손을 이마에 가져다 댔다. 그 순간 주변이 다시 어두워지기 시작하더니 가온이 나타났다.

"쉬는 시간 동안 잘 쉬셨나요? 자, 이제 서바이벌 낙성의 두 번째 게임을 공개합니다. 행운이 그대의 편이기를."

가온은 말을 끝내기 전에 이마를 톡톡 치고 사라졌고 전광판이 다시 나타났다.

제2라운드. 죽이거나 죽거나

암흑 속에서 오직 전광판만이 빛나고 있었고 긴장감이 감돌았다. 리아는 불안한 마음에 양 엄지를 부딪치며 찬에 게 물었다.

"죽이거나 죽거나? 저게 무슨 말이지?"

"리제, 이것 봐! 우리 손에 칼이 들려 있어!"

찬의 말에 놀란 리아가 자기 손을 봤다. 역사책 속에서 나 볼 법한 칼이 손에 쥐어져 있었다. 주위를 둘러보니 100명의 참가자의 손에 모두 칼이 들려있었다. 갑자기 주 변이 흙바람 날리는 전투장으로 바뀌었다. 100명의 참가 자 앞에는 참가자들 캐릭터 크기의 10배는 되어 보이는 거대한 괴물이 괴상한 소리를 내며 끈끈한 침을 흘리고 있었다. 상체는 검은색 돌기가 우둘투둘 돋아있는 개구리 였고 하체는 여러 개의 꼬리가 달린 여우였다. 참가자들은 괴물을 보더니 소리쳤고 리아도 마찬가지였다.

"찬, 으악! 저게 뭐야."

"죽이라는 건가?"

괴물은 100명의 참가자에게 달려들어 순식간에 3명을 흡입했다. 놀란 나머지들은 괴물을 피해 도망치기 시작했다. 리아와 찬도 그들을 따라서 달렸다.

"아놔, 무슨 이딴 게임이 다 있냐? 이 게임은 달리기만 하다가 끝나겠어!"

"분명 단서가 있을 거야."

괴물은 계속해서 참가자들을 먹었고 전광판에 표시된 참가자 수가 80, 70, 60, 50, 40, 30으로 점점 줄어갔다.

"으악, 이대론 안 돼. 이러다가 다 죽을 거야."

"리제, 아까 게임을 시작하기 전에 주최자가 이마를 톡톡 쳤어. 그게 단서가 될까?"

"어? 저기 괴물의 이마가 초록색으로 빛나고 있어. 그 단서가 맞는다면 저기를 칼로 찌르는 거 아닐까?"

"근데 괴물의 이마까지 어떻게 가지?"

"찬찬히 주위를 살펴야 해. 조급해하지 말고 침착해야 해."

리아는 어떻게 이마까지 닿을지 고민하다가 남은 30명의 인원과 힘을 합쳐야 한다는 결론을 얻었다.

"힘을 합쳐야 해! 여러분, 우리 힘을 합쳐야 해요! 저기 괴물의 이마에 칼을 꽂으면 괴물이 멈출 것 같아요. 게임 시작 전에 주최자가 이마를 톡톡 치며 힌트를 준 것 같아요!"

하지만 그 소리를 들은 누구도 힘을 합치려 하지 않았다. 그때, 빨간 머리 캐릭터가 참가자 한 명을 괴물이 있는 방향으로 밀었다. 괴물이 참가자를 먹으려고 고개를 숙였고, 기회를 포착한 빨간 머리는 재빠르게 괴물의 이마에 칼을 찔렀다. 괴물이 기괴한 소리를 내며 멈추더니 가루가 되어 사라졌다.

"저놈은 이기적이고 잔인한 호프가 분명해."

"쉿! 리제, 함부로 그런 말 하면 안 돼."

괴물이 사라지고 전광판에는 11이라는 참가자 수가 적혀있었다.

"찬, 끝난 건가?"

리아의 물음에 대한 답을 해주듯 전광판에 새로운 글이 쓰였다.

− 10명의 참가자가 남을 때까지 두 번째 게임은 끝나지 않습니다.

전광판을 보자마자 빨간 머리는 옆에 있던 리아에게 칼을 뽑고 달려들었다. 달려드는 빨간 머리를 보고 강감찬 갑옷을 꺼내서 방어해야 한다는 생각이 들었지만, 그는 빨랐다. 탈락이구나. 리아는 눈을 질끈 감았다.

푹.

칼이 들어가는 소리가 들렸지만, 게임이라서 고통은 느껴지지 않는구나, 생각하며 리아는 눈을 떴다.

"으윽…."

리아 앞에 찬이 쓰러져 있었다.

"아니, 너 대체 왜?"

"리아…, 아니 리제. 너 꼭 우승해야 해."

찬은 회색으로 변하더니 낙성 세계에서 사라졌다. 찬이 사라지자 전광판에 쓰여 있던 글이 바뀌었다.

- 제2라운드를 통과한 10명의 참가자가 결정되었습니다. 마지막 제3라운드에서 최종 승자가 가려질 것입니다. 제3라운드는 보다 공정한 진행을 위해 같은 공간에 모여 게임을 진행할 것입니다. 최종 10인에게 내일 마지막 경기가 펼쳐질 장소를 전달할 것입니다.

리아는 자꾸 찬이 자신의 이름을 부른 것이 걸렸다.

"아빠가 하는 말과 같은 말을 한 것도 이상했는데, 설마?"

그때 서재에서 탕, 총소리가 났다. 리아는 놀라 HMD를 벗어 던지고 아빠가 있는 서재로 향했다.

6.

시큐어는 가온을 전기충격으로 재운 뒤에 통제권을 마음대로 잡았다. 게임 중에 리아라는 이름을 부르는 캐릭터를 추적했더니 역시나 강해솔 박사였다.

"역시 참여했네? 변함없이 호모 사피엔스는 어리석어."

시큐어는 군사를 이끌고 강해솔의 집으로 찾아갔다. 초록 전투복을 입은 이들이 창문을 깨고 해솔의 서재에 침입했다. 그 뒤로 가온의 몸을 점령한 시큐어가 따랐다.

"친구, 이게 10년 만인가? 어디 갔나 했더니 이런 쓰레기더미에 숨어 있었어? 천하의 강해솔이 이런 곳에 숨어서 지내는 줄은 꿈에도 몰랐지. 계속 숨어 있었으면 몰랐을 텐데 게임에 참여해서 들켜버렸네?"

해솔은 가온의 왼쪽 관자놀이에 거머리처럼 붙어있는 시큐어를 노려보았다. 결국 시큐어에게 잠식되었구나. 해솔은 가온이 왜 그렇게 변해버렸는지 알게 되었다.

"넌 가온이 아니야. 시큐어구나."

"크크큭, 역시 해솔 당신은 똑똑해. 가온보단 당신한테 이식되는 게 좋았을 텐데. 뭐 그래도 괜찮아. 당신 아들 마루가 있으니까."

"뭐? 마루? 우리 마루를 어떻게 한 거야?"

"너도 봤잖아, 게임에서. 빨간 머리를 한 캐릭터."

해솔이 벌벌 떨며 시큐어에게 소리쳤고 시큐어는 뭔가를 발견했다는 듯 눈썹을 올렸다 내렸다. 한 걸음, 두 걸음 다가가 손을 내밀어 해솔의 얼굴을 잡았다.

"눈이 파랗구나? 크큭, 크크큭. 강해솔 박사, 너 내가 만든 바이러스에 감염됐어. 그러게, 날 이식했으면 좀 좋아? 날 거절하고 얻은 결과가 겨우 병든 몸이야? 가온을 봐, 10년 전이랑 똑같이 젊고 건강하잖아! 너 지금 미친 듯이 후회되지?"

"아니, 전혀. 넌 사랑하는 마음, 지켜야 하는 마음이 뭔지 모르잖아. 마음은 수치화되지 않아!"

"아, 지루해. 연설은 그쯤 듣지. 나 같은 존재를 만들 수 있는 과학자는 당신이 유일해. 내 편이 되지 않을 거면 죽어라."

시큐어는 해솔을 쌀쌀한 태도로 업신여기며 비웃는 표정을 지었다. 해솔의 복부를 향해 총구가 겨냥되었고 탕, 소리가 났다.

총소리를 듣고 서재로 들어가는 문 뒤에 선 리아는 이상한 기분을 감지했다.

"서재에 아빠만 있는 게 아니야."

리아는 숨을 죽이고 문 뒤에서 조심스럽게 안을 들여다봤다. 익숙한 모습을 한 남자가 왼손에 총을 들고 있었다. 가온이었다. 가온은 아무런 감정도 없다는 듯, 피를 흘리는 해솔을 냉소적으로 쳐다보곤 창문을 통해 유유히 사라졌다. 초록 전투복을 입은 이들이 그 뒤를 따랐다.

"아빠!"

리아는 달려가 해솔을 안았고 피범벅이 된 해솔은 힘겹게 리아의 얼굴을 만졌다.

"리아야, 책상 서랍 두 번째 칸에…, 흰색 칩이 있어. 그걸 가온과 꼭 함께 봐야 해."

"저 가온이라는 놈이 아빠를 쐈어!"

리아는 서재에 있는 셔츠를 가져와 해솔의 배에서 나오

는 피를 멈추게 하려고 눌렀다.

"아니야, 저건 가온이 아니라 시큐어야. 가온의 왼쪽 관자놀이에 박혀있는 인공두뇌지. 그걸 뽑아야 해. 그걸 뽑…뽑고 가온과 함께 흰색 칩을 꼭 봐야 해."

해솔은 입으로 피를 쏟아냈고, 리아는 바들바들 떨며 해솔의 손을 잡았다. 눈물을 뚝뚝 흘렸다.

"아, 아빠. 말하지 마요."

"리아야, 난 늦은 것 같아. 옆에서 보니까 씩씩하게 게임도 잘하더라. 조급해하지 말고 침착하게, 사랑한다. 내 따…, 딸."

"아아악, 아빠. 안 돼…."

해솔은 더 이상 움직이지 않았고, 리아는 울부짖었다. 해솔을 안고 한참을 울던 리아에게 3라운드 대회 장소가 전송되었다. 리아는 게임을 우승하고 시큐어를 박살 내버리겠다고 결심했다.

리아는 블랙고글과 블랙마스크를 쓰고 혹시 모를 상황에 대비해 가방에 백신들을 챙겨 마지막 게임 장소인 낙성 전투장이라고 적혀있는 주소로 출발했다. 주소에 도착하자 초록색의 평범한 건물이 나타났다. 건물 앞에서 신원을 확인한 관계자는 리아를 방으로 안내했다. 아무것도 없는 초록색 방을 한쪽 끝에서 다른 쪽 끝까지 쭉 훑어보고 있는데 가온의 목소리가 울려 퍼졌다.

"10명의 참가자가 모두 광장에 도착했습니다. 모두 HMD를 착용해주세요."

리아는 짧고 굵은 숨을 내쉬며 블락고글과 블락마스크 위에 HMD를 착용했다. 뭔가 붕 뜨는 기분이 들고 돌들이 부딪히는 소리가 들렸다. 잠시 뒤, 가온이 말을 이어갔다.

"최후의 10인에 드신 걸 축하드립니다. 최종 10인에는 위대한 호모 프로펄스가 9명이나 되는군요. 역시 우월합니다. 마지막 경기는 가상 세계가 아닌 현실 세계에서 이루어집니다. 앞서 1라운드에서 강감찬 갑옷을 획득한 2명에게는 보호막이 한 겹 생깁니다. 위험 상황에서 한 번의 목숨을 지킬 수 있습니다. 자, 그럼 모두 HMD를 벗어주세요."

리아는 긴장되는 마음을 억누르고 HMD를 벗었다. HMD를 벗은 리아는 깜짝 놀랐다. 시야에 펼쳐진 것은 전투장이었다. 두 번째 게임에서 봤던 가상현실과 똑같이 구현되어 있었다. 아래를 봤더니 20층가량 정도의 높이에 있는 듯했다.

"아니, 분명 그냥 초록색 건물이었는데…. 그나저나 떨어지면 죽겠네."

리아를 놀라게 한 것은 바뀐 건물뿐만이 아니었다. 자신의 눈앞에 10년 전 죽은 줄 알았던 오빠가 빨간 머리를 하고 서 있었다.

"그 빨간 머리 캐릭터가 오…, 오빠였다니."

하지만 마루는 리아를 알아보지 못하고 살벌하게 노려볼 뿐이었다.

놀란 것은 리아 뿐만이 아니었다. 블락고글을 쓰고 있는 여자아이를 발견한 가온은 당황스러웠다.

"효과도 없는 블락고글을 왜 쓰…."

그때 가온의 정신이 아득해졌고, 휘청거렸다.

— 시큐어, 뭐 하는 거야? 함부로 통제권을 뺏어 가면 어떻게 해?

— 하, 역시 호모 사피엔스는 어리석어. 난 처음부터 네게 허락받고 통제권을 얻을 필요가 없었다. 감정을 배우려고 뇌를 그대로 두었더니, 끝까지 어리석구나. 한결같이 쓸모없어.

— 뭐라는 거야!

시큐어는 가온의 말을 무시했고 가온을 조종하기 시작

했다.

"자, 이제 마지막 관문만 남았습니다. 모두 행운을 빕니다."

– 제3라운드. 게임을 끝내는 자, 낙성의 주인이 될 것이다.

시큐어는 마음대로 전광판을 띄웠다. 경기장 중앙에 2라운드 경기 때 주어졌던 칼이 1자루 있었다. 시큐어는 가온의 몸을 장악해버렸다. 시큐어는 마루와 연결되는 시스템을 가동한 후 마루에게 명령했다.

– 마루, 중앙에 있는 칼을 집어서 9명을 다 죽여.

명령받은 마루의 두 눈은 살기로 가득 찼고 중앙에 놓인 칼로 달려갔다. 리아를 비롯한 다른 참가자들이 어리둥절해하고 있는데, 마루가 칼을 들고 참가자 한 명을 베었다.

"으악!"

참가자가 피를 흘리며 쓰러졌고 다른 참가자들은 놀라 숨기 바빴다. 그 모습을 본 리아는 머리가 새하얘졌다.

"이건 실제상황이야. 리얼이라고! 어떻게 하지? 강리아.

침착하게, 조급하지 말고."

마루는 주저하지 않고 다음 목표물로 달려갔고, 비명과 함께 참가자가 쓰러졌다.

"이러다가 다 죽겠어. 안 돼. 어떻게 하지? 게임을…, 게임을 끝내는 방법."

그 순간, 리아의 눈에 가온이 들어왔고 아빠가 말한 관자놀이에 박혀있는 시큐어가 보였다.

'저걸 뽑으면 주최자가 쓰러질 거고 주최자가 쓰러지면 게임을 끝낼 수 있을 거야!'

리아는 어떻게 하면 가온에게 갈 수 있는지 살폈다. 마루를 지나 계단을 올라가는 방법밖에 없었다. 마루가 다른 목표물을 향해 달려갔다. 참가자는 쓰러졌고 마루는 그런 참가자를 죽이려고 칼을 뽑아 들었다.

"더 이상 희생은 안 돼!"

리아는 마루를 향해 몸을 던졌고 마루는 뒤에서 달려오는 리아에게 부딪혀 쓰러졌다. 다시 일어난 마루는 목표물을 찾았다는 듯 리아를 노려봤다. 마루는 리아를 향해 달려왔고, 리아는 그를 피해 계단을 향해 달렸다.

샤삭.

마루가 들고 있던 칼이 리아를 베었다.

"으아아!"

리아는 놀라 소리를 지르며 쓰러졌고, 가온은 소리치는 리아를 쳐다봤다. 이건 가온이 원한 결말이 아니었다.

– 멈춰! 시큐어, 이건 모두를 다 죽이라는 소리잖아. 멈춰!

– 닥쳐. 강해솔 박사의 딸이 있어. 인공두뇌를 만드는 방법을 알지도 몰라. 죽여 버려야 해.

– 통제권을 돌려줘!

가온이 강하게 저항했고 가온의 본체가 살짝 흔들렸다. 죽은 줄 알았던 리아는 강감찬 갑옷의 보호막이 사라진 채 가온에게 달려갔다. 리아는 휘청거리는 가온을 잡고 그의 관자놀이에 있는 시큐어를 쥐어 뽑아 아래로 던졌다.

"으악!"

가온이 왼쪽 관자놀이를 잡으며 쓰러졌고, 아래로 떨어진 시큐어는 20개의 다리로 빠르게 기어서 마루의 관자놀이를 향해 콱 박혔다. 마루는 충격에 멈칫하더니 갑자기 전투장 밖으로 몸을 던졌다. 마루가 아래로, 더 아래로 떨어졌다.

7.

가온은 회복실에서 눈을 떴다. 얼굴에 무언가 올려져 있는 느낌이 들었다. 양손으로 얼굴을 더듬었다. 블락고글과 블락마스크였다. 자신의 손등을 봤다. 피부는 쭈글쭈글하게 주름이 잡혀있었고 검버섯이 가득했다.

"돌아온 건가?"

일어나려 하는데 하체가 움직이지 않았다. 발끝, 발목, 종아리, 허벅지까지 감각이 느껴지지 않았다. 리아가 휠체어를 끌고 터벅터벅 다가왔다.

"시큐어가 당신의 노화를 두 배로 빠르게 시키고 몸을 망가트렸어요. 아무래도 하체는 회복되기 힘들 것 같네요. 일단 타세요."

리아는 가온이 휠체어로 옮겨가는 걸 도와주었다. 가온이 휠체어에 앉자 리아는 흰색 칩을 꺼내 가온의 팔에 꽂았다.

"당신을 죽이고 싶을 만큼 밉지만, 아빠가 꼭 함께 보라고 했어요."

흰색 칩이 꽂히자 홀로그램이 켜지더니 비장한 표정의 해솔이 등장했다.

2055년 11월 10일

"리아와 가온, 이걸 함께 보고 있다는 건 내가 죽었다는 거군. 하지만 슬프진 않아. 리아가 가온을 돌아오게 했을 테니까. 가온, 10년의 세월이 걸렸지만, 시큐어가 만든 바이러스의 완벽한 백신을 만들지 못했어. 잠시 시간을 버는 임시방편만 만들었어. 하지만 변환 주사를 다시 원상 복구할 수 있는 복구 주사는 만들었어. 리아에게 모든 걸 전수했어. 나는 리아와 함께 너에게 갈 거야. 난 이미 바이러스에 감염되었고 아마 끝까지 너와 함께하지 못할 거야. 우리는 다른 종을 멸종시켜 살아남는 게 아니라, 공존하며 살아가야 해. 가온, 부탁이네. 무슨 일이 있든 리아와 함께 백신을 완성해줘."

영상이 끝나자 가온은 혼란스러웠다. 팔에 꽂힌 흰색 칩을 멍하니 보던 가온은 칩을 어디선가 본 것 같은 생각이 들었다. 기억을 더듬고 더듬었다. 마루의 관에서 봤던 하얀 칩과 같았다. 가온은 휠체어를 밀며 힘겹게 마루가 있었던 관을 향해 갔다. 마루의 관을 열었고 역시나 거기에도 같은 흰색 칩이 있었다. 관에 있던 칩을 팔에 꽂았다.

홀로그램이 켜지더니 젊은 날의 해솔이 어린 리아를 안고 나타났다.

2045년 1월 1일

"가온, 잘 들어. 시큐어를 없애야 해. 시큐어가 안드로이드를 시켜 마루에게 바이러스를 투입했어. 안드로이드를 해킹해서 바이러스 투입경로를 확인한 결과 블락고글에 구멍을 내고, 바깥세상에 바이러스를 투입한 게 시큐어야. 너의 블락고글은 아무런 문제가 없었어.
　시큐어는 어떻게든 너와 연결되려고 할 거야. 네가 또 다른 시큐어를 만들 수 있는지 확인해야 하니까. 네가 뛰어난 인공두뇌를 만들 수 있다면 널 죽일 거야. 자신보다 똑똑하고 강한 인공두뇌가 생기는 건 막아야 하니까. 그러니 절대로 너의 뇌와 연결해선 안 돼.
　바깥 상황이 심각해. 지금은 고려 현종 때 거란이 40만 명의 군사를 거닐고 고려를 침공해 속수무책으로 당했던 때와 같아. 모든 신하가 현종에게 항복을 권했지만, 강감찬 장군은 달랐어. 항복이 아닌 항전을 하자고 주장했지.

164

일단 피했다가 다시 이길 방법을 찾자고 말이야. 현종은 그의 건의를 받아들였고 피난을 선택했어. 그렇게 위기에서 벗어나고 철저한 준비를 거쳐 귀주대첩이라는 대승을 거두었어.

난 그 단 한 번의 희망이 있는 한 멈추지 않을 거야. 시큐어가 날 죽이려 해서 상황실에 갈 수 없어. 하지만 얼마가 걸리든 백신을 만들어서 돌아갈게. 내가 돌아갈 때까지 마루를 잘 부탁해. 절대 변환 주사를 놓아선 안 돼. 이건 우리가 꿈꾸던 호프가 아니야. 시큐어의 세상이지. 시큐어를 막아야 해."

하얀 머리가 되어버린 가온의 이마에 주름이 진하게 잡히고 두 눈에서 뚝, 눈물이 떨어졌다.

"다 조작…, 조작된 거였어."

리아는 자세를 낮추고 붉어진 자기 눈을 가온의 두 눈에 맞췄다.

"호프들이 왜 집단 자살하는지 생각해 보셨나요?"

"너무도 많이, 아니 매 순간."

"뭐라고 생각하세요?"

가온은 리아와 마주 보던 시선을 바닥으로 떨어트렸다.

"모르겠어. 영원한 삶을 살 수도 있고, 기술적으로 부족한 게 아무것도 없는데."

"전 그들이 스스로가 쓰임을 다했다고 여겨서라고 생각해요. 그들은 더 이상 지켜야 할 것도, 무언가를 지키고 싶은 간절한 감정도, 내일에 대한 희망도 없어요. 가온 박사님, 당신이 원하는 세상은 이게 맞나요?"

리아는 가온의 앞에 변환 복구 주사와 미완성 된 백신 주사를 탁탁 올려놓았다. 가온은 두 개의 주사기를 한참 바라봤다.

"아니. 내가 원하는 세상은 이게 아니야."

가온은 주사기를 꼭 쥐고 리아와 눈을 마주쳤다.

마루는 힘겹게 눈을 떴다. 무언가 관자놀이에 박혔고 기억을 잃었다. 정신이 들자 누군가 높은 곳에서 떨어지라고 명령했다. 그 말에 따라 몸을 던졌다. 누워있는 이곳은 어디지, 두리번거리며 주변을 살피고 있는데 머릿속에서 목소리가 들려왔다.

– 마루, 일어났나?

– 넌 누구지?

– 난 시큐어다. 넌 현존하는 어떤 생명체보다 완벽하고

난 아주 똑똑해. 우리가 힘을 합쳐서 세상을 바꿔야 해. 세상이 퇴보하고 있어. 새로운 인류를 지키고 오래된 인류를 없애버려야 해.

작가의 말

실수와 실패를 통해 얻게 되는 힘은 귀중합니다. 누구나 실수와 실패를 할 수 있습니다. 열등하고 부족한 것에 포기하지 않고 무엇이 잘못되었는지, 어떻게 하면 더 나아갈 수 있는지 찾아간다면 그 실수와 실패는 성공이 알려주지 못한 대단한 힘을 얻게 해줄 것입니다. 부족한 원인을 찾고 보충하여 귀주대첩을 승리로 끌어낸 강감찬 장군을 들여다보면서 이러한 생각은 더 확고해졌습니다.

작품을 준비하며 강감찬 장군이 태어난 곳인 낙성대를 방문했습니다. 낙성대, 참 아름다웠습니다. 별이 떨어진 곳이라는 이름에 걸맞게요. 사실 전 이번에 무언가를 포기하려고 했는데 강감찬 장군을 만나면서 원인을 찾고 더 나아가보기로 결심했습니다. 여러분이 혹시 실수와 실패로

무언가를 포기하고 싶어 한다면, 낙성대공원을 거닐어보시
길 추천합니다. 강감찬이라는 인물을 기억하면서요.

이 작품이 여러분에게 실수와 실패로 인한 포기가 아닌
희망을 가져다주길 바랍니다.

천지윤

우주전함 강감찬

정명섭

"워프가 완료되었습니다. 목적지 모큐션 행성계 42번 행성 근처에 도착했습니다."

우주선 인공지능 에이시스의 건조한 목소리에 바짝 긴장해 있던 철우는 안도의 한숨을 쉬었다. 공간을 왜곡해서 통과하는 워프는 종종 말썽을 일으켰다. 특히, 운송 조합에서 관리하는 워프 게이트를 이용하지 못하는 처지라서 더욱더 조심스러웠다. 긴장한 철우의 모습에 클레이가 다정하게 말했다.

"다 잘 될 테니까 걱정하지 말아요."

인간인 철우에 비해 두 배나 큰 클레이는 주름진 우주복을 입고 있었다. 녹색의 머리 위로는 더듬이가 튀어나왔고, 굵직한 손가락 두 개를 가졌다. 지구 나이로 올해 열일곱인 철우는 아시아 인종 중에 한국인의 특징을 고스란히 가지고 있었다. 아버지에게 물려받은 반곱슬머리에 검은색 눈, 그리고 갑자기 키가 자라나며 구부정해진 몸을 가지고 있었다.

한때는 프록시마 행성계를 중심으로 활동하는 택시 조합 소속이었지만 아버지의 죽음과 연루된 테오도스 아저씨를 죽인 이후, 택시 조합으로부터 쫓기게 되었다. 그래서 지금은 우주선을 타고 정처 없이 우주를 떠도는 중이었다. 우주는 넓어서 끊임없이 이동하면 추격을 벗어날 수 있었기 때문이다.

중간중간 연료와 생필품을 사기 위해 이런저런 의뢰를 받았다. 얼마 전에 모르시카나 행성에서 벌어진 대학살을 피해 도망치려는 일가족의 의뢰를 받은 적이 있었다. 철우는 모르시카나 행성의 독재자 스키드마의 경고를 무시하고 일가족을 탈출시켰다. 덕분에 광산 연합 쪽과도 문제가 생기고 말았다. 그래서 원래 가려고 했던 목적지인 센타우로 행성계로 가지 못했다. 클레이는 더듬이를 흔들며 웃었다.

"우리는 어딜 가나 문제를 일으키네요."

위쪽 더듬이뿐만 아니라 턱 아래의 더듬이들도 움직였다. 클레이는 철우의 두 배를 훌쩍 넘기는 키에 녹색 피부와 더듬이, 두 개밖에 없는 손가락을 가진, 지구인 기준으로는 외계인이었다. 그녀가 속한 일족, 클랜 지휘자의 후계자가 사라진 사건을 조사하다가 철우 아버지의 죽음과 연관된 것을 알아냈고, 그 일로 인해서 두 사람은 택시 조합과 UNA, 연합운송조합의 수배를 받는 중이었다. 망망대해 같은 우주를 도망자로 떠도는 것은 지치고 피곤한 일이었다. 하지만 철우는 활짝 웃었다.

"그래도 후회할 일은 안 했잖아요."

철우가 웃어넘기는데 인공지능 에이시스의 음성이 들렸다.

"4큐빗 11그리드 떨어진 곳에서 조난 신호가 감지됩니다."

철우가 광역 센서를 보면서 중얼거렸다.

"여기에서?"

클레이도 고개를 갸웃거렸다.

"여긴 정기적으로 우주선이 오는 코스가 아니지 않나요?"

"그럼요. 그래서 일부러 여기로 온 건데요? 에이시스, 조난 신호 내용은?"

"없습니다. 그냥 신호만 감지됩니다."

"구체적인 내용이 없다고?"

"네. 비상 신호만 발신되는데 오래전 신호입니다."

"얼마나?"

"2백 년 전 겁니다."

인공지능 에이시스의 대답을 들은 철우는 클레이를 바라봤다.

"어떻게 돌아가는 걸까요?"

클레이는 더듬이를 앞뒤로 흔들었다. 그녀가 속한 종족은 텔레파시로 대화했는데 그게 원활하지 않으면 더듬이를 흔들어서 의사를 표시했다. 같이 다니면서 몇 가지 뜻은 해석할 수 있었다. 앞뒤로 흔든다는 것은 잘 모르겠으니 더 알아보자는 뜻이었다.

"일단 가까이 가서 살펴볼까요?"

"그러죠. 혹시나 탑승자가 있으면 구해줘야 하잖아요."

"2백 년이나 지났는데요?"

클레이가 웃으며 물었다.

"제 나이가 지구 기준으로 몇 살이라고 했죠?"

"360살이요."

"저 우주선 안에 꼭 인간만 타고 있으라는 법은 없잖아요."

"그, 그렇긴 하죠."

머쓱해진 철우는 뒤통수를 긁적거리며 겸연쩍게 웃었다. 클레이는 그런 철우가 귀여운지 더듬이로 입을 가리고 따라서 웃었다. 그 사이, 인공지능 에이시스가 추가로 정보를 더 알려줬다.

"함선 번호가 식별됩니다. KN 2345*TYGF입니다."

"요즘 쓰는 식별 번호는 아닌데?"

"4백 년 전에 소멸한 국가 연합이 쓰던 식별 번호입니다."

"2백 년 전 조난 신호를 보내는 우주선이 4백 년 전에 만들어진 거라고?"

"실제 건조한 것은 그 이전으로 추측됩니다. 다만, 조합 전쟁으로 인해 국가 연합의 모든 기록이 소멸해서 정확한 건조 연도는 확인할 수 없습니다."

"국가 연합이 뭔가요?"

옆자리에 있던 클레이의 물음에 철우는 아버지에게 배운 내용을 떠올렸다.

"인류가 우주로 나오면서 국가가 해체되기 시작했데요. 광활한 우주에서는 소속된 집단이 우선시되었기 때문이죠. 그게 현재까지 이어진 조합이었고, 점점 힘을 잃어가던 국가들은 국가 연합이라는 집단을 만들어서 조합과 싸움을 벌였어요. 그게 바로 전설적인 조합 전쟁이었어요."

"전쟁이라…. 어쨌든 조합이 이겼군요."

"국가 연합이 이길 방법이 없었으니까요. 광활한 우주에 흩어져 있는 조합들을 하나씩 토벌한다는 건 불가능했어요. 처음에는 조합이 뭉치지 못한 상태라서 국가 연합이 몇 번 이겼지만, 나중에 7인의 영웅들이 나타나면서 전세가 뒤집혔어요. 결국 국가 연합은 조합에 항복하고 해체했죠. 나중에는 조합들끼리도 전쟁하긴 했지만요."

"하긴, 광활한 우주에서 국가라는 체제는 별로 적합하지 않으니까요."

"그럼요. 해준 것도 없이 가져가는 것만 많아서 다들 조합을 지지했어요."

이런저런 얘기를 주고받는 사이, 우주선은 서서히 예전 국가 연합의 우주선으로 접근했다. 거대한 전함의 그림자가 관측 창에 드리워졌다. 그러면서 인공지능 에이시스가 정보들을 더 찾아냈다.

"해당 우주선의 명칭이 확인되었습니다."

"뭔데?"

철우의 물음에 인공지능 에이시스가 대답했다.

"지구 연합의 돌격형 지휘 전함 강감찬 1019입니다."

"강감찬?"

고개를 갸웃거린 철우의 물음에 인공지능 에이시스가 자료를 띄웠다.

"지구의 한반도에 존재하던 고대국가인 고려의 장군입니다. 서기 1019년에 거란족의 침입을 막았다고 합니다."

"전쟁에 이겨서 전함에 이름을 붙인 건가? 그 뒤의 숫자는 전쟁이 벌어진 해를 얘기하는 거지?"

"그런 거 같습니다. 당시, 고려군은 귀주라는 곳에서 기병으로 구성된 거란군 10만 명을 몰살시켰다고 합니다."

"창과 칼 정도밖에 없을 텐데 정말 어마어마하게 싸웠네."

"그렇습니다. 당시 거란은 유목민족으로서 막강한 세력을 떨치고 있던 상황입니다. 그러다가 고려를 공격했는데, 매번 밀리던 고려는 제3차 침입 때 비로소 반격에 성공했다고 합니다. 그게 귀주대첩이고, 지휘관이 바로 강감찬 장군이었죠."

"그래서 이름을 가져다 썼군."

둘의 대화를 듣던 클레이가 끼어들었다.

"전쟁이란 게 뭔가요?"

클레이가 속한 종족은 '클랜'이라는 부족 형태로 이뤄졌다. 심각한 갈등은 클랜의 원로들이 나서서 조정했고, 그게 통하지 않으면 일대일 혹은 소수의 결투를 통해 문제를 해결했다. 그러니 전쟁이라는 것을 이해하지 못하는 게 당연했다.

"그러니까, 양측이 서로 원하는 것을 얻기 위해 싸우는 걸 전쟁이라고 해요."

"결투 같은 건가요?"

"아뇨. 결투는 똑같은 숫자의 인원이 마주 보고 싸우는 거고요 전쟁은 엄청나게 많은 인원이 동원되어서 서로 무기를 가지고 싸우는 겁니다. 적을 때는 몇백 명이지만, 많을 때는 몇십만이나 백만 넘게 동원되기도 해요."

통역기 역할을 하는 더듬이가 한참 반짝거렸다. 금방 대답을 못 한다는 건 통역기 문제가 아니라 클레이가 개념을 이해하지 못한다는 뜻이었다. 한숨을 쉰 클레이의 녹색 얼굴이 살짝 찡그려졌다.

"합의나 결투라는 방식이 있는데 왜 비효율적이고 잔인한 방법을 택한 거죠?"

철우는 예전에 아버지에게 들었던 얘기를 떠올리며 최대한 쉽게 설명했다.

"인간들은 타인을 굴복시키는 것을 통해서 원하는 것을 얻으려고 했거든요."

"결코 효율적이지 않은 방식이잖아요."

"인간은 설명하기 힘든 존재라서요."

고개를 쑥 집어넣은 채 혀를 살짝 내민 철우를 본 클레이가 더듬이로 입을 가린 채 웃었다. 그때 인공지능 에이시스가 말했다.

"항로 조합의 메시지가 접수되었습니다."

"무슨 메시지?"

"국가 연합의 우주전함을 발견하면 신고하라는 내용입니다."

"그냥 신고하라고 하지는 않았겠지?"

"보상금을 지급한다고 나와 있습니다. 크기와 함선에 따라 다르지만, 전투용 지휘함선이라면 백만 크레딧 정도는 지급해준다고 합니다."

"백만 크레딧이면!"

놀란 철우가 클레이를 바라봤다. 클레이 역시 흥분했는지 눈이 커졌다.

"다른 은하계로 워프할 수 있는 연료를 사고도 남겠네요."

하지만 철우는 곧 풀이 죽었다.

"우리는 수배 중이잖아요. 크레딧을 주기는커녕 우리까지 붙잡으려고 할 거예요."

"그러네요."

머리가 좋은 클레이조차 별다른 방법이 없었는지 바로 수긍했다. 그때, 인공지능 에이시스가 외쳤다.

"경고! 근처로 누군가 워프를 합니다."

"어떤 미친놈이?"

철우의 대답이 끝나기도 전에 바로 옆 공간이 일그러졌다. 워프 전용 게이트를 이용하지 않을 때는 도착 위치를 정확하게 잡을 수가 없었다. 그래서 근처에 우주 정거장이 있거나 우주선이 있을 때는 워프가 금지되었다. 자칫해서 충돌하게 되면 파손되는 것은 물론, 웜홀로 빨려 들어갈 수도 있었기 때문이다. 인공지능 에이시스가 경고음을 계속 울리는 가운데 클레이가 몸을 부풀렸다. 클레이가 속한 종족은 위기가 되면 몸집을 키울 수 있었다.

"어서."

클레이가 두 팔을 벌렸고, 철우는 그 안에 폭 안겼다. 우주복이 곧 철우를 감쌌고, 엄청난 충격이 느껴졌다.

정신을 잃었던 철우는 꿈에서 아버지를 만났다. 조종석 아래 멧돼지가 그려진 우주 택시를 몰던 아버지는 택시 조합에서 가장 빠른 조종수였다. 그런 아버지가 실종된 후, 철우는 아버지의 뒤를 이어 택시를 몰았다. 엄청나게 빠른 솜씨를 자랑했지만 그럴수록 아버지의 그림자를 느꼈다. 아버지는 단순히 택시만 잘 몰았던 사람은 아니었다. 늘 우주에 관심이 많았고, 고향이라고 할 수 있는 지구의 역사도 많이 알았다. 아버지는 입버릇처럼 말했다.

"우주에서는 균형을 지키는 게 가장 중요하단다."

그러면 철우는 물었다.

"안전하게 빨리 가는 게 중요한 게 아니라요?"

"균형을 잃으면 욕심이 생기고, 그러면 사고가 나지. 아니면 사고를 이용할 생각을 하거나."

아버지의 말들은 너무 어렵고 추상적이었다. 하지만 나이가 서서히 들고 여행을 하게 되면서 무엇을 의미하는지 알아차렸다. 결국 너무 앞서가지 말고, 나의 길을 가라는 뜻이었다.

'나는 지금 그 길을 가고 있는 걸까?'

아버지의 복수를 하고 우주를 떠돌면서 매번 선택의 갈림길에 섰었다. 그때마다 아버지의 가르침대로 양심껏 살아왔지만, 여전히 의문은 사라지지 않았다.

"나는 과연 균형을 지키면서 살아가고 있을까?"

그리고 어둠이 사라졌다.

"괜찮아요? 눈을 좀 떠봐요."

클레이의 목소리에 겨우 눈을 뜬 철우는 주변을 살펴봤다. 충격 때문인지 조종실 내부는 엉망이었다. 조종실 관측장은 금이 갔고, 여기저기 스파크가 튀었고, 연기도 났다. 데미지 콘트롤이 진행되면서 소화 장치가 작동되었고, 소형 드론이 금이 간 조종실의 관측 창을 금방 굳어지는 특수 액체로 메우는 중이었다. 클레이의 품에서 나온 철우가 외쳤다.

"에이시스! 우주선 상태는?"

"엔진 노즐 일부가 파손되었고, 조종실 관측장에 금이 갔습니다. 스테빌라이저 장치가 고장 나서 비상 장비를 가동 중입니다. 나머지는 현재 조사 중입니다."

그나마 무사하다는 사실을 알게 되자 안도의 한숨을 쉬던 철우는 확 짜증을 냈다.

"아니, 어떤 우주선이야!"

"전방 위쪽 위치에 있습니다."

"통신선 연결해!"

"주파수 확인하고 있습니다."

"우주선 함번이랑 소속은?"

"함번을 가린 상태라 현재 비슷한 외형의 우주선을 검색하고 있습니다."

"함번을 가렸다고?"

우주선들은 어떤 용도든 함번을 가지고 있었다. 그게 있어야만 우주 정거장을 이용할 수 있고, 연료나 필요한 것들을 거래할 수 있었다. 함번을 지우거나 훼손한 이유는 두 가지였다.

"도망자 혹은 해적이네."

전자라면 큰 문제가 없지만, 후자는 아주 큰 문제였다. 그들은 민간 우주선을 공격해서 약탈하기 때문이다. 그리고 증거를 남기지 않기 위해 우주선을 폭파하고 떠났다. 그러면 탑승자들은 전원 사망할 수밖에 없었다. 그게 아니라고 해도 가진 걸 다 빼앗기면 우주여행을 하는 데 큰 문제가 생길 수 있었다. 그때, 인공지능 에이시스가 말했다.

"가려진 함번 옆에 그림이 그려져 있습니다. 붉은색 까마귀입니다."

"붉은색 까마귀? 아버지한테 얘기를 들은 적이 있어."

"어떤 존재들입니까?"

"잔인한 우주 해적들! 크레딧이 되는 일이면 뭐든 하는 놈들이라고 했어."

기억을 떠올리고 다급해진 철우는 급히 외쳤다.

"에이시스! 비상 동력 가동! 워프 준비해!"

"스테빌라이저가 고장 나서 워프는 불가능합니다."

"젠장! 어떡하죠?"

철우가 돌아보며 묻자 클레이가 두 개의 손가락으로 우주전함 강감찬을 가리켰다.

"저기로 피해요."

"우주전함 안으로요?"

"엔진이 고장 난 상태에서 도망쳐봤자 금방 따라잡힐 거예요."

방금 워프한 우주선에서 신호가 왔다. 엔진을 끄고 정지하지 않으면 파괴하겠다는 내용이었다. 실제로 방금 워프한 우주선의 아래쪽에 달린 자기장 함포가 서서히 움직였다.

"저거 한 방 맞으면 끝인데."

마른침을 삼킨 철우가 인공지능 에이시스에게 명령을

내리려는데 클레이가 만류했다.

"잠깐만요. 상대방이 겨누고 있어서 섣불리 움직이면 위험해요."

"그럼 어쩌죠?"

"일단 엔진을 끄고 상대방의 말에 따르는 척해요."

"엔진을 끄면 움직일 수 없어요."

철우의 말에 클레이가 인공지능 에이시스에게 얘기했다.

"단거리 워프 준비해요."

반문하지 않게 프로그램된 인공지능 에이시스가 놀라서 물었다.

"다, 단거리 워프요?"

"목표는 우주전함 강감찬으로 하세요."

"그러면 충돌할 수 있습니다."

"워프 지점을 약간 앞쪽으로 잡아요."

"게이트가 아닌 이상 정확히 원하는 위치로 워프할 수는 없습니다."

"지금 그런 거 따질 때가 아니잖아요."

그 사이, 해적선에서는 또다시 메시지가 들어왔다. 지금 당장 엔진을 멈추지 않으면 발포하겠다는 내용이었다. 철우는 일단 급하게 말했다.

"에이시스! 시키는 대로 엔진 가동을 멈추겠다고 해. 워프 준비하는 데 얼마나 걸려?"

"단거리 워프는 지금 가능합니다. 다만 성공확률이…."

"어서 워프해!"

철우의 외침에 인공지능 에이시스가 대답했다.

"지금 단거리 워프를 시행합니다. 충격에 대비하십시오. 3, 2, 1. 워프!"

웜홀로 들어갈 때의 하얀 빛이 관측 창 전체를 메웠다. 철우는 손잡이를 잡고 몸을 웅크렸다. 짧은 워프가 끝나고 빛이 사라지자 철우는 깜짝 놀랐다.

"우악!"

바로 앞에 낡은 우주전함 강감찬이 나타났기 때문이다.

"역추진!"

조종석 주변에 있는 소형 엔진이 가동되면서 충돌 직전에 간신히 멈췄다. 겨우 한숨 돌리는데 클레이가 지시했다.

"아래로!"

우주선이 아래로 내려가자마자 자기장 함포에서 발사된 자기장 에너지파가 우주전함 강감찬에게 명중했다. 외부 장갑판이 부서지면서 그 여파로 우주선이 뒤흔들렸다. 우주선이 요동치는 가운데 클레이가 계속 명령을 내렸다.

"우주전함 엔진 사이의 공간으로 들어가."

에이시스가 보조엔진을 가동하면서 우주전함 강감찬 엔진 사이의 빈 곳으로 파고들었다. 빈 곳은 전투용 함선들의 경우 엔진이 하나 파괴되어도 다른 엔진에 피해가 덜 가게 하려고 존재했다. 우주선이 그사이를 조심스럽게 파고드는 데 성공하자 철우는 안도의 한숨을 쉬었다.

"이제 급한 불은 껐…."

그때 측면에서 강한 충격이 발생했다. 자기장 함포가 우측 엔진을 강타한 것이다. 충격을 받은 엔진이 안쪽으로 휘어지면서 두 사람이 탄 우주선은 엔진 사이에 끼어버리고 말았다. 비틀거리다가 겨우 균형을 잡은 철우는 모니터로 상태를 체크하고 클레이를 바라봤다.

"우측 엔진에 자기장 함포를 쐈어요. 한 번만 더 맞으면 우린 끝장이에요."

철우의 얘기를 들은 클레이가 서둘러 말했다.

"우주복을 입어요."

"어떻게 하게요?"

"일단 저 우주전함 안으로 피해야겠어요."

클레이의 대답을 들은 철우는 서둘러 헬멧을 썼다. 그리고 인공지능 에이시스에게 외쳤다.

"관측 창 개방해! 탈출한다."

"관측 창 개방하겠습니다."

관측 창이 떨어져 나가면서 공기가 빠져나가는 소리가 들렸다. 헬멧을 제대로 썼는지 확인한 철우는 클레이와 함께 밖으로 나갔다. 우주복에 붙은 소형 추진 장치를 이용해서 우주전함 강감찬으로 다가갔다. 다행히 오랜 기간 방치되면서 중간중간 파손된 곳이 있어서 들어갈 수 있었다. 어깨 부분에 붙은 라이트를 켠 철우는 안쪽을 살펴봤다. 그 사이, 자기장 함포가 한 번 더 발사되면서 두 사람이 타고 있던 우주선은 완전히 엔진 사이에 끼어버리고 말았다.

아랫입술을 깨문 철우는 우주전함 강감찬 안으로 들어갔다. 자성을 가진 신발이 바닥에 들러붙었다. 전력이 모두 끊긴 우주전함 강감찬 내부는 그야말로 암흑이었다. 거기다 파편들이 부유하고 있어서 조심해야만 했다. 잘못해서 우주복이 찢기거나 헬멧의 고글이 파손되면 죽을 수밖에 없었기 때문이다. 다행히 별다른 어려움 없이 안쪽으로 들어갔다. 외벽이 살짝 찌그러진 통로를 따라가는데 인공지능 에이시스가 보고했다.

"우주 해적들이 우주선 안으로 들어와서 이리저리 살펴보고 있습니다. 두 사람이 탈출한 것을 알고 추격하려고 합니다."

"왜?"

"자신들의 정체를 감추려는 거 같습니다. 얼마 전에 연합운송 조합 소속의 화물선을 약탈해서 쫓기는 중인데 도망치기 위해 이곳으로 워프를 한 모양입니다."

"이 넓은 우주에서 이렇게 마주치다니, 재수가 없네."

"지금 제 인공지능의 알고리즘에 접근하려고 하고 있습니다. 이제 연결을 끊고 소멸 절차를 밟아야 할 거 같습니다."

"그냥 접근을 차단해."

"불가능합니다. 그동안 감사했습니다. 그럼."

지직거리는 소리와 함께 인공지능 에이시스의 목소리가 끊겼다. 비록 인공지능이긴 했지만 1년 넘게 목소리를 들었던 사이라서 가슴이 아팠다. 그런 철우에게 클레이가 두 개의 손가락이 달린 손을 어깨에 올렸다.

"에이시스는 우리를 위해서 자신을 희생했어요. 그러니까 반드시 살아남아야 해요."

"어떻게요?"

"일단 안으로 들어가요. 해적들이 못 찾게요."

고개를 끄덕거린 철우는 조심스럽게 앞으로 나아갔다. 눈앞의 파이프 같은 잔해들을 치우면서 천천히 앞으로 나아가는데 뒤쪽에서 빛들이 보였다. 그걸 본 클레이가 다급하게 외쳤다.

"놈들이 쫓아오고 있어요."

추진기를 이용해서 서둘러 앞으로 나아가는데 뒤에서 플라즈마 광선이 번쩍거렸다.

"으악!"

벽에 맞고 튕긴 플라즈마 광선이 어둠 속으로 사라졌다.

"위험해요!"

클레이가 몸을 부풀려서 막는 사이 철우는 통로 끝에 도달해서 반쯤 열린 문을 억지로 열었다. 매우 낡고 오래된 문은 겨우 열렸다. 있는 힘껏 문을 연 철우가 안으로 들어간 후에 클레이에게 외쳤다.

"어서 들어와요!"

몸집을 작게 줄인 클레이가 안으로 들어오는 순간, 뒤에서 날아온 플라즈마 광선이 그녀의 어깨 부근을 스치고 지나갔다.

"으윽!"

몸집을 크게 부풀렸을 때는 버텼는데 원래 상태로 돌아와서는 버티지 못했다. 휘청거리는 클레이를 붙잡아서 얼른 문 안쪽으로 끌어들였다. 그 와중에도 플라즈마 광선이 쉴 새 없이 날아들었지만, 다행히 군용 함선의 문이라 그런지 잘 버텼다. 힘겹게 문을 닫은 다음에 근처에 있는 파이프를 들어서 손잡이에 끼워버렸다. 그리고 클레이를 부축했다. 문 안쪽에 있는 내려가는 계단은 오랜 세월 탓인지 난간은 휘어져 있었고, 발판 역시 뒤틀려 있었다.

"걸어가기 어렵겠는데?"

철우는 클레이를 부축한 채 살짝 몸을 날렸다. 무중력 상태라서 별로 힘은 들어가지 않았지만 내려갈 때가 문제였다. 철우는 몸을 돌려서 벽을 발로 찬 다음에 아래로 내려갔다. 바닥에 닿을 무렵 다시 몸을 돌려서 사뿐하게 내려앉으려 했다. 하지만 균형을 잃으면서 그대로 주욱 미끄러지려고 했다. 끝에 있는 문은 반쯤 부서져 있어서 파편이 마치 톱니처럼 삐죽 나와 있었다. 거기 걸렸다가는 우주복이 다 찢어질 것 같아서 철우는 저도 모르게 비명을 질렀다.

"안 돼!"

다행히 부축받던 클레이가 손을 길게 늘여 계단의 난간

을 움켜잡았다. 오래된 난간이라 힘없이 부서졌지만, 덕분에 속도를 늦추는 데 성공했다. 닿기 직전에 멈춘 철우가 클레이를 바라봤다.

"괜찮아요?"

"버틸 만해요. 어서 움직여요. 계속 쫓아오고 있어요."

그 말이 끝나기가 무섭게 아까 지나친 통로의 문이 폭파되는 소리가 들렸다. 그 소리를 들은 철우가 중얼거렸다.

"미치겠네. 그냥 가도 될 텐데."

"아무래도."

클레이가 미처 말을 잇기도 전에 플라즈마 광선이 날아왔다. 단번에 위치를 들킨 철우가 서둘러 우주복에 붙은 조명을 껐다.

"이걸로 들켰나 봐요."

"저쪽으로 가요."

클레이가 오른쪽 복도를 가리켰다. 비교적 넓은 통로였는데 벽이 약간 비틀어진 걸 제외하고는 멀쩡했다. 철우와 클레이는 그쪽으로 움직였다. 뒤쪽에서 계속 흔들리는 불빛이 보였다. 한참 가던 클레이가 갑자기 철우의 팔을 잡았다.

"이쪽이요."

통로 중간에 파손된 공간이 있었는데 클레이가 그곳에 철우와 함께 몸을 구겨 넣었다. 그리고 바로 옆에 있는 부서진 패널로 몸을 가렸다.

"들키지 않을까요?"

겁이 난 철우에게 클레이가 속삭였다.

"지난번에 가르쳐준 지구 속담 있죠? 등잔 밑이 어둡다."

"아."

철우가 감탄하는 사이, 발걸음 소리가 우주복의 이어폰으로 들렸다. 쿵쿵거리는 소리와 함께 십여 명의 인간과 전투용 로봇 몇 대가 모습을 드러냈다. 통로 중간에 선 그들이 주고받는 대화가 들렸다. 우두머리는 붉은색 헬멧을 쓰고 있었다.

"사라졌어. 어디로 간 거지?"

"벌써 멀리 갔을 리는 없는데요?"

"샅샅이 뒤져 봐."

추격자들이 이리저리 흩어져서 통로를 살펴봤다. 다행히 둘이 숨어 있는 곳은 어둡고 파편들이 많아서 크게 눈여겨 살펴보지 않았다. 부하들에게 흔적을 찾을 수 없다는 애기를 들은 지휘자가 따라온 전투용 로봇에게 지시를 내렸다.

"인간이니까 근처에 있으면 심장 박동으로 확인할 수 있어. 시스템을 켜 봐."

"알겠습니다. 인간 탐지 시스템 가동."

무미건조한 로봇의 목소리가 들려오고, 가슴에서 푸른빛이 나왔다. 그걸로 주변을 스캔하는 걸 본 철우가 조바심을 냈다.

"드..., 들키겠어요."

그때, 클레이가 손으로 철우의 가슴을 눌렀다.

"마음을 편하게 가져요. 저들은 우리를 결코 찾을 수 없어요."

"심장 박동으로 우릴 찾는다고 했잖아요. 들킬 거예요."

"나를 믿고 마음을 편하게 가져 봐요."

클레이가 속한 종족은 설명할 수 없는 특이한 능력을 갖췄다. 이번에도 클레이의 손이 가슴에 닿자 마음이 편안해졌다. 그래서 로봇의 가슴에서 나온 푸른빛이 둘이 숨어 있는 공간을 지났음에도 들키지 않았다. 이 근처에서 심장 박동이 확인되지 않는다는 보고를 들은 붉은 헬멧을 쓴 지휘자가 짜증을 냈다.

"쥐새끼 같은 것들. 따라와."

그들은 둘이 도망갈 것 같은 곳으로 이동했다. 무리가 멀어지는 것을 본 둘은 패널을 제치고 일어났다. 철우가 그들이 간 쪽을 바라보면서 중얼거렸다.

"그냥 우주 해적들이 아닌 모양이에요."

턱 밑의 더듬이를 흔들면서 동의를 표시한 클레이가 대답했다.

"그러게요. 우주선만 폭파하고 떠나도 되는데 굳이 여기까지 우릴 추격해왔어요."

"일단 피하는 게 좋겠어요. 우릴 찾다가 지쳐서 떠나게 만들어야 해요."

클레이가 동의를 표하면서 둘은 추격자들이 온 반대 방향으로 향했다. 다행히 우주전함 강감찬 내부는 엄청나게 컸고, 오랫동안 우주를 떠돌면서 파손된 부분이 많아서 숨을 곳도 많았다. 그렇게 안쪽으로 걷는데 갑자기 이어폰으로 낯선 목소리가 들렸다.

"그대로 정지!"

"누, 누구세요?"

"지금 그걸 따질 때가 아니야. 우측에 정비용 공간으로 들어가는 문이 있어. 거기로 들어가. 어서."

철우는 여전히 어리둥절했지만, 클레이가 서둘러 철우를 데리고 안으로 들어갔다. 문을 닫자 이어폰으로 바퀴가 굴러가는 소리가 들렸다.

"저게 뭐죠?"

바깥쪽에 있던 클레이가 문틈으로 살짝 바깥을 살펴봤다.

"이동형 센티널 머신이에요. 바퀴가 달린."

"아, 들키면 끝장이었겠네요."

플라즈마 광선포가 달린 센티널 머신을 파괴한다고 해도 추격자들에게 위치가 전송되면 발각될 수 있었다. 다행히 이동형 센티널 머신은 통로 끝으로 쭉 달려갔다. 중간에 숨지 않았다면 들켰을 확률이 높았다. 한숨을 돌린 철우에게 이상한 목소리가 다시 들려왔다.

"통로 위쪽으로 이어지는 사다리가 있어. 그걸 밟고 올라가서 배선이 있는 통로를 따라 직진해."

"그런데 누구세요? 누군데 우릴 도와줍니까?"

"만나서 얘기하자. 서둘러. 놈들이 다시 그쪽으로 가고 있어."

그것으로 목소리는 사라졌다. 클레이는 일단 목소리가 시킨 대로 하자고 했다. 철우가 함정일지 모른다고 하자 클레이가 말했다.

"우릴 구해줬잖아요. 분명 이번에도 도와줄 거예요."

다른 방법이 있는 것도 아니었기 때문에 철우는 목소리가 시킨 대로 하기로 했다. 사다리를 타고 올라간 철우는 곧게 뻗은 배선이 깔린 통로를 향해 우주복의 조명을 켰다. 떠돌던 먼지와 잔해들이 어둠을 뚫고 들어간 빛에 보였다.

손으로 잔해들을 밀치고 조심스럽게 배선을 따라 기어갔다. 어둡고 좁은 통로를 기어가는 일은 그 자체가 공포스러웠다. 통로가 언제 무너질지 몰랐고, 튀어나온 날카로운 벽면에 우주복이 긁혀서 파손될 수도 있었기 때문이다. 거기다 위치가 들켜 해적들이 쫓아오면 피할 곳도 없이 당할 수밖에 없었다. 통로는 예상보다 길어서 아무리 기어가도 끝이 나오지 않았다. 지칠 대로 지쳤지만, 부상을 당한 클레이가 잠자코 따라오고 있어서 꾹 참고 기어갔다. 아까 들려왔던 목소리가 다시 들렸다.

"앞쪽에 배선이 아래로 내려가는 창살이 보일 거야. 떼어내고 내려와."

목소리가 얘기한 대로 길게 이어지던 배선이 쇠창살 같은 것을 따라 내려가 있었다. 다행히 쇠창살은 금방 들어

낼 수 있었다. 빈 곳으로 쇠창살을 밀어버린 철우는 아래를 내려다봤다. 오래된 기계들과 조종 패널들이 보였다. 주변을 살펴보고 추격자들이 없는 걸 확인한 철우는 천천히 아래로 내려갔다. 바닥에 닿을 때 몸을 돌려서 바닥에 섰다. 다행히 자력을 가진 구두가 표면에 딱 붙었다. 뒤따라 내려온 클레이를 부축해준 철우는 주변을 돌아봤다.

"전투 정보실 같은데 한참 오래된 거 같아요."

"국가 연합 때 만든 거니까 꽤 오래된 거겠죠?"

철우가 고개를 끄덕거리는데 구석에서 빛이 반짝거렸다. 그곳으로 가자 홀로그램 생성기가 보였다. 철우가 신기한 듯 바라봤다.

"아버지와 박물관에 가서 봤던 홀로그램 생성기네요. 수백 년 전이라 이런 불편한 기계를 쓸 수밖에 없었어요."

그때, 빛이 반짝거리던 홀로그램 생성기가 가동을 시작했다. 기계가 돌아가는 소리와 함께 생성기가 회전하면서 빛이 소용돌이쳤다. 그러다가 서서히 인공지능의 홀로그램이 모습을 드러냈다. 아주 오래된 갑옷과 투구에 칼까지 찬 홀로그램을 본 철우의 눈이 휘둥그레졌다.

"이, 이건 뭐지?"

그러자 홀로그램이 대답했다.

"나는 국가 연합 소속 지휘형 전함 강감찬의 인공지능 강감찬이다."

"그, 강감찬이요?"

"나에 대해서 알고 있는가?"

"그럼요. 돌아가신 아빠가 한국인 핏줄을 이어받아서 얘기를 들은 적 있어요."

"그렇구나. 위기에 처해 있는 것 같아서 도와줬는데 이런 인연이 있었어."

얘기를 주고받는 와중에 클레이가 끼어들었다.

"우리가 지금 어떤 상황에 부닥친 거죠?"

"우주 해적들이 너희들을 노리고 있었어."

"우리를요?"

놀란 클레이의 물음에 인공지능 강감찬이 홀로그램을 띄웠다. 우주전함 강감찬 주변에 워프한 해적들의 우주선이 철우와 클레이가 탄 우주선에 접근하는 홀로그램이었다.

"처음부터 너희들을 노리고 접근했어."

"그럴 리가요. 우리가 무슨 값비싼 물건을 가지고 있는 것도 아닌데요. 거기다 우주선을 나포하려고 들었어요."

"그건 목표물인 너희들이 맞는지 확인하기 위해서였어.

내가 놈들의 통신을 감청했지."

그는 음성을 재생시켰다. 지직거리는 소리와 함께 그들이 주고받는 애기가 들렸다.

– 그냥 쏴버리면 되지 않습니까? 두목.

– 신원을 확인해야지 보상금을 받을 수 있다고 몇 번이나 애기했어. 이 멍청아!. 일단 엔진 정지시키고 약탈하는 척하면서 얼굴 확인해. 인간 꼬맹이랑 덩치 큰 초록 괴물이다.

– 알겠습니다.

– 일단 엔진 정지하라고 해.

대화는 거기서 그쳤다. 철우는 클레이를 바라봤다.

"누가 우리를 노리고 있는 거죠?"

"택시 조합과 연합운송 조합이 우리를 싫어하죠."

"하지만 현상금을 내걸고 찾을 정도는 아니잖아요."

"그렇긴 하죠."

둘이 애기를 주고받는 사이, 인공지능 강감찬이 말했다.

"놈들이 계속 너희들을 찾고 있어. 우주선이 넓다고 해도 발각되는 건 시간문제야."

애기를 들은 철우가 시무룩하게 말했다.

"그렇죠. 우주복에 있는 공기도 한계가 있어서 계속 도망 다닐 수는 없어요."

"내가 너희들을 도와주마."

"진짜요?"

"그래, 놈들을 물리치게 해줄게. 대신 끝나고 내 소원을 들어다오."

"알겠습니다. 무슨 소원이든 들어드릴게요."

철우가 승낙하자 인공지능 강감찬이 전함 내부를 홀로그램으로 띄웠다.

"침입한 해적들은 인간 12명에 전투용 로봇 2대, 그리고 이동형 센티널 4대다. 그들의 우주선에도 4명이 더 남아있어."

"무기는요?"

"플라즈마 광선총과 투척식 폭탄, 그리고 장거리 저격용 광선총과 목표물을 기절시키는 스턴 레이저도 가지고 있어."

"완벽히 무장했네요. 여기는 전투용 함선인데 무기가 있을까요?"

"있다고 해도 외부 목표물에 쓸 수 있는 것들뿐이야."

"그럼 어쩌죠?"

철우의 물음에 인공지능 강감찬이 말했다.

"유인해야지."

"어떻게요?"

"선수 부분에 유일하게 작동이 가능한 펄스 레이저 포가 있어. 그걸 가동해서 놈들의 우주선을 공격하는 거야. 자동 발사 장치의 연결이 끊겨서 너희들이 가서 직접 움직여야 해."

인공지능 강감찬의 설명에 클레이가 바로 반응했다.

"그럼 놈들이 오겠네요."

"맞아. 거기까지 가는 중간에 반드시 지나가야 하는 통로가 하나 있지. AQ 12번 통로."

홀로그램에 긴 통로가 보였다.

"통로 중간에 외부 사출용 통로가 있어."

"그걸 작동시키면 통로에 있는 해적들을 모조리 외부로 날려버릴 수 있겠네요."

"맞아."

"말은 쉽지만, 우리 의도대로 따라줄까요?"

"거란족과 싸울 때도 항상 그런 고민을 했었지. 하지만 결국 이길 방도는 그것밖에 없었어."

애기를 듣던 철우가 끼어들었다.

"거란족이요?"

"그래, 나는 실제 강감찬 장군의 행적을 토대로 프로그래밍 된 인공지능이야."

"인공지능에 인간의 인격을 집어넣는 건 금지된 건데요?"

"이 우주전함이 만들어질 당시 국가 연합의 상황은 그런 걸 따질 때가 아니었어. 조합 측의 공세에 무너지기 일보 직전이었거든."

"조합 세력을 거란족으로 인식했었군요."

"맞아. 나에게 귀주대첩 같은 전공을 바랐던 거지."

쓸쓸한 표정의 인공지능 강감찬이 우주전함의 홀로그램을 올려다봤다.

"하지만 나는 싸울수록 의문이 들었지. 조합과 그들을 지지한 세력들은 국가의 간섭이 싫었던 것뿐이었어. 고려의 영토를 유린하고 백성들을 죽이고 노략질한 거란족과는 여러모로 달랐지."

"그런데 어쩌다가 여기에서 떠돌게 된 거죠?"

"함대와 함께 출동했지만, 목표를 찾지 못해서 헤매다가 한 척씩 흩어졌지."

"우주는 넓으니까요."

철우의 애기에 인공지능 강감찬이 대답했다.

"맞아. 적과 싸워서 이기려면 원하는 장소에서 전투해야만 해. 그런데 적을 찾기 위해 무리한 기동을 하다가 혼란에 빠지고 말았지. 수뇌부는 서둘러 적을 찾아서 이기려고만 해서 나의 조언을 거부했어. 결국 최악의 상황인 각개격파를 당하고 말았지. 우리 함선도 조합의 포위망에 빠졌다가 워프로 겨우 빠져나왔지만, 선체가 너무 심하게 파손당해서 버려지고 말았어."

비로소 우주전함 강감찬이 왜 이곳에 버려졌는지 이유를 알게 된 철우는 안타까운 표정을 지었다.

"그래서 백 년 넘게 이곳에서 떠돌고 있었군요."

"지휘관이 탈출하면서 다시 돌아온다고 해서 기다렸지. 하지만 아무도 돌아오지 않았어."

"제가 도울 수 있는 일이 있었으면 좋겠네요."

"일단 침입자들을 물리치자. 비록 버려졌다고는 하지만 내 전함에 올라와서 함부로 총질하는 건 용납 못해."

단호하게 애기한 인공지능 강감찬이 출입구의 문을 열어줬다.

"저쪽으로 가. 내가 조명을 켜 줄 테니까 따라가면 될 거야."

"고맙습니다."

"상황은 계속 통신으로 전달해주마."

전투 정보실을 나온 철우와 클레이는 인공지능 강감찬이 켜 준 조명을 따라 복도를 걸었다. 오래된 흔적이 고스란히 남은 복도를 따라 걷는데 인공지능 강감찬의 목소리가 들렸다.

"놈들은 아직 근처에 없지만 조심해서 이동하도록 해."

"알겠습니다. 목적지까지는 얼마나 남았죠."

"15분 정도 더 걸어야 해."

"알겠습니다."

10분 넘게 걸어가자 마침내 출입문이 보였다. 한눈에 봐도 두꺼웠지만, 인공지능 강감찬이 열어주어서 안으로 들어갈 수 있었다. 출입문 안쪽의 공간은 좀 더 좁은 통로였는데 우측에 외부로 나갈 수 있는 통로들이 보였다. 그걸 본 클레이가 말했다.

"탈출 통로인 거 같아요."

"그러게요."

그곳을 지나가는데 수많은 핏자국이 묻어있고, 헬멧 조

각과 고글 파편들이 둥둥 떠 있는 게 보였다. 부서진 헬멧을 옆으로 민 철우가 클레이에게 물었다.

"이곳에서 무슨 일이 벌어졌을까요?"

"아마 탈출하려고 하다가 문제가 생긴 모양이에요."

그때 상황을 머릿속으로 떠올린 철우는 아무 말도 할 수 없었다.

한참을 걸은 후에야 인공지능 강감찬이 얘기한 펄스 레이저 포탑이 있는 곳에 도착했다. 거대한 원통에 굵은 배선들이 어지럽게 엉켜 있었다. 먼지와 파편 사이에 있었지만, 정상적으로 작동하는지 작은 패널에 빛이 보였다. 원통에는 한 사람이 겨우 들어갈 만한 문이 있었는데 두 사람이 도착하자 문에서 작은 소리가 나면서 살짝 열렸다. 안으로 들어가자 인공지능 강감찬의 목소리가 들렸다.

"원통 가운데 조종 패널이 보일 거다. 자동 발사 장치는 고장 난 것 같지만 수동 발사는 가능해. 거기 패널 모서리에 붉은 버튼이 있다. 그걸 눌러라."

"알겠습니다."

철우가 조심스럽게 조종 패널 모서리에 있는 붉은 버튼을 눌렀다. 그러자 패널 전체에 빛이 들어오고, 아래쪽에서 작은 핸들이 튀어나왔다.

"화면에 조준선이 보일 거다. 핸들을 오른쪽으로 돌리면 해적들의 우주선이 나와. 조준선의 가운데에 우주선을 맞춰라."

"해볼게요."

철우가 핸들을 천천히 돌리자 화면이 바뀌면서 해적들이 타고 온 우주선이 보였다. 철우는 잠시 고민했다. 무엇을 고민하는지 잘 알고 있던 클레이가 어깨에 손을 올렸다.

"고민되는 거 이해해요. 하지만 이들은 지금까지 엄청나게 많은 사람을 죽이고 괴롭혔을 겁니다. 그에 대해 처벌한다고 생각하세요."

클레이의 말에 철우는 고개를 끄덕거렸다.

"우리 우주선까지 파괴했죠. 이제 그 대가를 치르게 할게요."

결심을 굳힌 철우는 해적들의 우주선을 조준선으로 겨눴다. 그러자 화면에 조준 완료라는 표시가 뜨면서 핸들 위로 버튼이 하나 튀어나왔다. 거기에 엄지손가락을 올린 철우에게 인공지능 강감찬의 목소리가 들렸다.

"화면 아래쪽에 에너지가 충전되는 게이지가 보일 거다. 그게 다 차면 버튼을 눌러."

"알겠습니다."

철우는 아래쪽에 게이지가 차는 걸 눈으로 확인했다. 끝까지 도달하자 철우는 조용히 중얼거렸다.

"에이시스를 위해."

철우는 핸들 위의 버튼을 눌렀다. 그러자 엄청난 진동과 함께 펄스 레이저가 발사되었다. 우주 공간을 가로지른 펄스 레이저가 붉은 까마귀 해적들이 탔던 우주선의 옆구리에 명중했다. 한동안 빛이 뒤엉키다가 해적들의 우주선은 충격으로 튕겨 나가버렸다. 그리고 두 동강이 났다. 우주라 불꽃이 튀거나 소리가 들리지는 않았지만, 산산조각이 나는 모습만으로도 충격을 받았다. 입을 벌린 철우에게 인공지능 강감찬의 목소리가 들렸다.

"놈들이 접근 중이다."

"이제 어떻게 하면 되죠?"

"측면 비상 통로를 개방해서 놈들을 우주로 쫓아내 버릴 거야. 그동안 잘 숨어 있어."

"알겠습니다."

패널의 화면이 바뀌면서 아까 건너왔던 통로로 해적들과 로봇들이 움직이는 게 보였다. 중간에 붉은 헬멧을 쓴 지휘자를 본 철우가 마른침을 삼켰다.

"우주선을 날려버렸으니 우리를 절대 살려두지 않을 거예요."

통로를 따라 달려오던 그들은 철우와 클레이가 있는 통로 끝에 플라즈마 광선총을 발사했다. 플라즈마 광선이 통로의 벽에 부딪히면서 이리저리 튕겼다. 그때 인공지능 강감찬의 목소리가 들렸다.

"비상 통로 개방! 충격에 대비하라."

측면의 통로 벽이 갑자기 개방되자 달려오던 우주 해적들은 당황스러워했다. 뭔가를 붙잡고 버텨보려고 했지만, 순식간에 일어난 일이라 대처하지 못했다. 해적들의 비명이 헬멧의 이어폰을 통해 들렸다. 하나둘씩 우주 공간으로 빨려 나가고, 마지막까지 버티던 붉은 헬멧의 우두머리도 결국은 밖으로 빨려 나갔다. 로봇들도 따라서 끌려 나간 이후 열렸던 벽이 닫혔다. 텅 빈 통로를 보며 철우가 클레이에게 말했다.

"이제 더 이상 약탈하지 못하겠네요."

"처벌을 받은 거예요."

아직도 마음속에서 죄책감을 지우지 못한 철우에게 클레이가 다정하게 말해줬다. 인공지능 강감찬 역시 위로의 말을 건넸다.

"저들은 너희들을 죽이려고 했어. 당연히 해야 할 일을 한 거다."

"고맙습니다. 이제 돌아갈게요."

"조심해서 와라."

인공지능 강감찬과의 얘기를 끝낸 철우는 클레이에게 말했다.

"옆에 있어 줘서 고마워요."

"항상 옆에 있어 줄게요."

다정하게 얘기한 클레이가 문을 열었다. 우주 해적들이 사라진 통로에는 그들이 남긴 약간의 잔해가 있었다. 그중에 플라즈마 광선총이 바닥에 떨어져 있었다. 튀어나온 기둥에 걸려서 함께 빨려 나가지 않은 것 같았다. 허리를 굽혀서 집어 드는데 갑자기 클레이가 외쳤다.

"조심해요!"

머리 위로 플라즈마 광선이 스쳐 지나갔다. 허리를 숙인 탓에 머리를 맞지 않은 것이다. 놀라서 그대로 굳어버린 철우를 클레이가 끌어안고 엎드렸다. 위험을 감지한 클레이의 몸이 거대하게 부풀어 올랐다. 꽉꽉 거리는 소리와 함께 플라즈마 광선이 주변의 바닥에 부딪히는 소리가 들렸다.

"뭐, 뭐죠?"

"천장 쪽에 이동형 센티널 머신이 박혀있어요."

"안 빨려 나갔군요."

"바퀴가 틈 사이에 끼인 거 같아요."

애기를 주고받는 와중에도 플라즈마 광선이 계속 날아왔다. 그중 일부는 철우를 감싼 클레이에게 명중했다. 그때마다 클레이는 신음을 참으며 버텼다. 철우가 물었다.

"괜찮아요?"

"이대로 계속 쏘면 더 버티기 어려울 거 같아요."

"하나둘 셋 하면 몸을 옆으로 굴리세요. 제가 쏴 볼게요."

"알겠어요."

"하나, 둘, 셋!"

철우는 클레이가 몸을 옆으로 굴리자 집었던 플라즈마 권총을 두 손으로 잡고 위쪽을 겨눴다. 클레이의 말대로 천장 틈에 바퀴가 끼어버린 이동형 센티널 머신이 보였다. 철우는 속으로 침착하라는 말을 중얼거리면서 겨눴다. 바퀴가 낀 이동형 센티널 머신의 플라즈마 총구가 서서히 돌아갔다. 하지만 철우가 한발 빨랐다. 번쩍하는 빛과 함께 이동형 센티널 머신의 센서 부분이 파괴되었다. 연달아

방아쇠를 당긴 철우는 이동형 센티널 머신이 완전히 파괴된 것을 보고는 한숨을 쉬었다. 옆으로 누운 채 끙끙거리는 클레이를 바라봤다.

그녀가 속한 종족은 신비한 치료 능력이 있어서 아주 심각한 부상이 아니면 자연적으로 치료가 되었다. 그래도 플라즈마 광선은 제대로 맞으면 사람은 죽을 수 있을 정도의 충격이었다. 그런데 몇 번이나 맞았으니 걱정이 안 될 리 없었다. 다행히 몸집을 줄인 클레이는 신음은 냈지만, 몸을 일으켰다.

"괜찮아요?"

"견딜 만해요."

철우는 등에 상처를 입은 클레이를 데리고 전투 정보실로 향했다. 둘이 도착하자 인공지능 강감찬이 문을 열어줬다. 클레이가 다친 것을 본 인공지능 강감찬이 걱정스러운 표정을 지었다.

"괜찮나?"

"견딜 만해요."

"내가 볼 수 있는 감시용 카메라가 그쪽은 보이지 않는 각도였어."

"우릴 도와주셨잖아요. 그걸로 충분합니다."

"승리는 항상 달콤하지만, 희생자들을 생각한다면 우울한 일이기도 하지."

"귀주대첩 때도 그랬나요?"

철우의 물음에 인공지능 강감찬이 고개를 끄덕거렸다.

"수만 명이 죽거나 심하게 다쳤지. 앞으로 거란이 다시는 고려를 침략하지 못할 것으로 생각했지만 설죽화를 비롯한 수많은 희생자를 보면서 많이 우울했다네."

"그래도 우릴 도와주셨잖아요. 도움이 없었다면 우린 지금쯤 죽었을 거예요."

"다행이구나. 그리고 추가로 해적들이 탄 우주선의 통신을 도청했단다. 누가 너희들을 죽이라고 했는지 단서를 찾은 거 같아."

그는 음성을 재생했다.

— 대장이 누구한테 연락하라고 했지?

— 모르시카나 행성의 치안 유지 장관 스키드마.

— 거긴 광산들이 있는 행성 아니야? 치안 장관이 왜 둘을 죽이라고 한 거지?

— 두목이 말을 안 해주는데 어떻게 알아? 시키는 대로 해.

— 알겠어. 그런데 저 우주선의 함수에 있는 함포는 왜

이쪽으로 움직이는 거야?

– 그러게. 수백 년 전에 버려진 우주선이라고 들었는데?

– 어어? 우리 쪽을 겨눴어.

– 회피, 어서 회피해.

그 뒤로는 비명과 부서지는 소리가 들렸다. 낮익은 이름을 들은 철우와 클레이가 서로의 얼굴을 바라봤다.

"스키드마는 누군데 너희들을 쫓고 있지?"

"모르시카나 행성의 독재자입니다. 광부들이 탄압에 저항하려고 하자 외부와의 접촉을 끊고 학살을 저질렀습니다. 저와 클레이는 학살을 피해 다른 행성으로 탈출하려는 일가족을 도왔고요."

"저런, 요즘도 그런 나쁜 놈들이 있구나."

인공지능 강감찬의 애기에 철우가 씁쓸한 표정을 지었다.

"사람은 쉽게 변하지 않으니까요."

"그래도 너희들 같은 사람 덕분에 균형이 유지되는 거겠지. 이제, 놈들을 모두 없앴으니까 내 부탁을 들어다오."

"뭔데요?"

철우의 대답에 인공지능 강감찬이 바로 앞에 있는 패널을 가리켰다.

"전함의 자폭장치를 가동해다오."

"뭐라고요? 그럼 사라지게 되잖아요."

"세상에 영원한 건 없지. 나의 의지는 이미 수천 년 전에 사라졌다. 인공지능으로 부활한 이후에도 고통스러운 시간이 이어졌어. 의미 없는 싸움과 고집불통의 지휘관들 사이에서 말이다. 원래 승무원들이 탈출하면 자폭하려고 했지만, 함장이 다시 돌아오겠다는 지시를 남겨놓은 탓에 스스로 자폭장치를 가동할 수는 없게 되었다. 그러니 너희들이 가동해다오. 대신."

인공지능 강감찬이 홀로그램을 하나 보여줬다.

"너희들이 들어온 엔진 사이에 연락용 우주선이 하나 있다. 주기적으로 정비해서 상태는 최상급이지."

홀로그램에 뜬 우주선을 본 철우가 반색했다.

"이건 루마누스급 연락선이네요."

그러자 클레이가 물었다.

"조종할 줄 알아?"

"그럼요. 박물관에서 봤었어요. 이건 희귀한 우주선이라 팔면 큰 값을 받을 수 있다고요."

철우의 얘기를 들은 인공지능 강감찬이 말했다.

"패널의 자폭장치를 누르고 저 우주선을 타고 떠나라. 그러면 나는 영원한 안식을 위한 마지막 항해를 떠나마."

"정말 괜찮겠어요?"

"나는 이미 충분히 살았다. 억지로 깨어난 것이나 다름없었지. 나의 마지막 부탁을 들어다오."

고개를 끄덕거린 철우가 패널로 다가갔다. 패널의 아래쪽에서 자폭 버튼이 올라왔다. 뚜껑을 열고 버튼을 누르자 화면에 시간이 표시되었다.

"눌렀어요. 도와주셔서 고맙습니다."

"잘 가거라. 앞날에 행운이 가득하기를."

인공지능 강감찬과 인사를 한 철우는 클레이와 함께 전투 정보실을 나왔다. 아까 들어왔던 통로를 한참 달려갔다. 그러다가 인공지능 강감찬이 열어준 문으로 들어갔다. 소형 착륙장이 나왔고, 거기에 이제 막 엔진에 시동이 걸린 루마누스급 연락선이 보였다. 측면의 문을 통해 안으로 들어간 철우는 곧장 조종실로 향했다. 복잡한 계기판과 레버들이 있었지만, 철우는 망설임 없이 만졌다. 그걸 본 클레이가 감탄했다.

"정말 대단해요."

"아버지 덕분에 조종하는 게 취미였어요. 엔진이 가동된 상태여서 곧장 떠날 수 있겠어요."

측면의 도어를 닫자 아래쪽 문이 개방되었다. 인공지능 강감찬이 마지막 인사를 남겼다.

"후방으로 가라. 자폭장치는 앞쪽에 있어서 거기로 가야 피해가 덜할 거야."

"알겠습니다."

레버를 당겨서 아래로 내려간 철우는 곧장 엔진의 파워를 올린 다음 방향을 틀었다.

"현재 쓰는 타키온 엔진보다는 덜 하지만 속도가 잘 나네요."

둘이 탄 루마누스급 연락선이 충분히 거리를 띄운 다음 우주전함 강감찬이 서서히 폭파되었다. 먼발치에서 바라보던 철우는 뭉클한 감정이 벅차올라 눈물을 글썽거렸다. 그걸 본 클레이가 어깨에 손을 올렸다.

"기억해야 할 일이 늘었네요."

"그러게요."

철우는 우주전함 강감찬의 잔해가 우주 속으로 퍼져나가는 것을 잠시 지켜보았다.

"연료가 많지 않으니까 최대한 가까운 행성으로 가도록

할게요. 자리에 앉으세요."

"알겠어요."

우주전함 강감찬의 잔해를 보며 마지막 작별 인사를 한 철우는 조종간을 움켜잡았다.

작가의 말

　강감찬 장군을 주제로 SF를 쓰겠다고 생각했을 때 처음
든 생각은 두려움이었습니다. 우리가 잘 아는 위인을 너무
과격하게 비틀어버리는 게 아닌가 하는 마음이 든 것이죠.
그런데 우리가 강감찬 장군을 잘 알고 있을까 하는 생각
이 선입견이자 오해일 수 있다는 생각이 들었습니다. 저는
관악구 상주 작가로서 낙성대를 종종 들립니다. 하지만 아
직도 그곳이 강감찬 장군의 탄생지라는 것을 모르는 사람
들이 많습니다. 오히려 인터넷에서는 서울대 근처에 있는
다른 대학교라는 농담 아닌 농담이 오고 갈 정도니까요.

　우주전함 강감찬에 대한 아이디어는 제가 어린 시절 봤
던 '날아라! 우주전함 거북선'에서 시작되었습니다. 태권
V를 해체하는 첫 장면, 특히 머리가 분리되는 장면을 보

고 놀랐던 기억이 납니다. 그래서 강감찬 앤솔로지에 SF 단편을 포함하기로 했을 때 자연스럽게 우주전함 강감찬의 플롯이 떠올랐습니다.

 상상력은 두려움을 떨쳐버릴 수 있는 탈출구이자 전쟁에서 이길 수 있는 비결이기도 합니다. 강감찬 장군 역시 전쟁터에서 적을 이길 수 있는 수많은 방법을 상상했을 겁니다. 그리고 그것이 귀주대첩의 승리로 이어졌을 것이고요. 귀주대첩은 우리 역사를 바꾼 거대한 전쟁입니다. 아마, 고려가 이때 거란을 물리치지 못했다면 더 큰 비극이 닥쳤을 것이고 우리의 운명도 크게 변했을 겁니다. 개인적으로는 명량대첩만큼이나 중요한 전쟁이라고 보고 있습니다. 하지만 시간이 오래 지나고 기록이 부족한 탓인지 그 중요성과 지휘자인 강감찬 장군에 대해서는 잘 알려지지 않았습니다. 부디 이번 앤솔로지를 통해 멀리 떨어져 있던 강감찬 장군이 독자 곁으로 좀 더 다가갔으면 하는 바람입니다.

정명섭

우주전함 강감찬

1판 1쇄 인쇄 2022년 10월 07일
1판 1쇄 발행 2022년 10월 14일

지은이 · 박지선, 정명섭, 조동신, 천지윤
발행인 · 주연지

편집인 · 석창진 **편집** · 박영심
디자인 · 김지영 **일러스트** · 백진연 이찬영
마케팅 · 허은정

펴낸곳 · 몽실북스 **출판등록** · 2015년 5월 20일(제2015 - 000025호)
주소 · 서울 관악구 난향7길 52
전화 · 02-592-8969 **팩스** · 02-6008-8970
이메일 · mongsilbooks@naver.com
네이버 포스트 · post.naver.com/mongsilbooks_kr
인스타그램 · instagram.com/mongsilbooks

ISBN 979-11-89178-66-6 (43810)

●잘못된 책은 구입하신 서점에서 바꿔드립니다. ●책값은 뒤표지에 있습니다.

몽실북스에서는 작가님들의 원고를 기다리고 있습니다. 자신만의 이야기를 책으로 만들고
싶다 하시면 언제든지 mongsilbooks@naver.com으로 연락처와 함께 기획안을 보내주세
요. 몽실몽실하게 기대하며 기다리겠습니다.